imaginist

想象另一种可能

理想国

imaginist

猿猴志

西西

广西师范大学出版社
GUANGXI NORMAL UNIVERSITY PRESS

如果展览猿猴的话，

我希望从这三只猴子开始，

最后由一只银背大猩猩收结，

它身中五枝箭。

目录

前言

一

许多年前，遇到一个问题：

如果美术馆失火，你会先抢救一幅名画，还是一只小猫？

许多年后，如果有人提出同样的问题，我的答案不变：

救猫。

二

香港书展时总有记者这样问我：为什么写这本书？

这是继《缝熊志》之后，另一本包括缝制、抒写、对谈三合一的书，不过主题内容从毛熊变成猿猴。创作可以用文字，用绘画，有时可以用毛海，用布匹。有人以为作家的作品只应该是文字之外，还是文字，这是一种狱卒思维。

我在做熊的时候，了解到北极熊、月熊的生态危机，想到这主要是人的祸害。然后我读书、看纪录片，发觉我们对猿猴的认识甚少，误解极多，而猿猴跟人类同属灵长类，其中猿类的基因跟人类最接近，我们彼此是近亲。大部分的灵长类都濒临绝灭，只有人类在不断增长。我开始的时候只知道猿猴有十多种，然后是二百、三百，最后是四百多种，但数量上是不安全的，大约只有十分之一。这是一个发现的过程，一则以喜，一则以忧。

有些无知，可以令自己感觉良好，但猿猴的危机，其实也是我们的危机，因为万物互相依存。这个世界因过分挥霍引起金融倒弊，加上环境污染、核电厂爆炸等等，我们的生活同样面对危机，而这是人类自食其果。北极熊受地球暖化的厄运，我们怎能幸免?

抒写它们、谈论它们、关心它们，其实是关心我们自己。我没有美化它们，但更不想丑化它们。我只是想澄清一些误解，想大家珍重生灵。

三

我的书，繁体字版主要由台湾洪范书店出版，我们合作差不多三十年，一直十分愉快，而我这个作者也从所谓后青年，成为了后中年。简体字版近年交广西师范大学出版社，已出四本，也是挺愉快的经验，认识了好几位热诚、比我年轻的新朋友。如今《猿猴志》出版，两岸的旧雨新知，我同样感激。

至于在香港协助我的何福仁，反而不必言谢。这本书他负责摄影；对话也是由他整理、执笔。当我向他提出这么一个计划，他很快就列出六篇谈话的题目。

两位朋友送赠做猿猴的布料，但客气地表示“借花敬佛”罢了。

何福兴先生再为本书雕刻美丽的印章。李碧君女士替我们借来书本。

当然还有甘玉贞、许迪锵两位老朋友，他们替我这样那样的打点，如今又帮助我校对。再看一遍，觉得有些地方重复。福仁提议再改，但我以为不必了，这叫苦口婆心。

迪锵提醒我要让读者知道，猿猴是我缝制的，是的，缝得不好，这是没有办法的事，但其实让大家知道这些动物的真身，可以一直愉快地生活，尤其是在野外，才是我真正的盼望。

我们的谈话，

如果有一个主题，

那就是尊重生命，

为那些人类发展史上一直受到歧视的生命说话，

猿猴是切入点。

西西 何福仁

对谈

猿猴的命名
分类
分布

命名、分类

何福仁（以下称“何”）：从猿猴的分类说起，好吗？

西西（以下称“西”）：好呵。猿猴属于灵长目类，这个分类法来自植物学家林奈 (Carl Linnaeus)。

何：自称“植物学王子”的林奈。

西：是的，是瑞典人，一位植物学教授，生于 18 世纪 (1707–1778 年)，动植物的分类和命名的方法，是他奠定的，尤其是他的命名法。他按照植物的雌蕊雄蕊来分类；再加以命名，用的是“双名制”。以往的分法和取名很混乱，各自为政；而且一大串，记认并不容易。林奈的办法是把植物的学名按“属”名和“种”名两部分组合。生物也是用这个方法，例如山魈 (mandrill)，它的学名是 *Mandrillus sphinx*，前一个字表示“属名”，大写；后一个，是“种名”，小写。整个学名，以斜体表现，而且用的是拉丁文。拉丁文的坏处正是它的好处：口语上消亡了，只是书面语，于是保持稳定。林奈的原则，获得国际的认可，称为“国际动物命名法规”(International Commission on Zoological Nomenclature)。学名之后往往会加上括号，写上发现者的姓氏、发现的年份。

何：试以香港的区花洋紫荆 *Bauhinia x blakeana* 为例，前面是“属”，后面是“种”。但如果不用学名，就很混乱。同一植物，香港叫洋紫荆，台湾叫艳紫荆；中国内地则叫红花羊蹄甲。多么昏头转向？这是“书同文”了，也难免会有不同地区的叫法。

西：中国人书同文，用的是政治强制，林奈为动植物命名，用的是学术的协商。分类学当然还在发展，例如怎样处理属种的演化分支，但好像还没有共识。

何：把知识整理、分门别类，古代的中外都有，孔门六艺、亚里士多德 (Aristotle) 的动植物学。李时珍在 16 世纪就曾把植物分为五类。不过最难得的是统一学名，各国通行，然而学名是学术界的用法，学界之外，民间仍然各适其适，各自运用通俗的叫法。

西：大狐猴英文叫 Indri，其实意思是“在这里”。这是土著对外人的回答。外

林奈

布丰

人问这猴子的名字，土著以为问在哪里可以找到。于是将错就错。我们叫大狐猴，很简单，因为这猴子有点像狐狸。

何：通行的名字，往往反映独特的文化内涵、意见，有的褒，有的贬。对不了解的东西有时就带有偏见。

西：是的，例如蜂猴，英文叫 Slow Loris，因为它看来行动很缓慢，汉语一般叫懒猴，大概是认为这种猴子白天总是抱头大睡，难怪濒临绝灭。说它懒，比 slow 又多一层道德批判。英文说它慢，其实它捕食时身手敏捷，逃避危险时，也会很快速。它是夜行动物，不慢，更不懒，只是生态习惯与人或者与其他猴子不同而已。

何：跟林奈同一时期的布丰 (George-Louis Leclerc de Buffon, 1707—1788) 是同样杰出的科学家，他提醒我们：每个生物都应该有独立的位置，有自己的面孔，大自然从未根据生物的种属来排列等级。知识不得不系统化，可另一面，还得小心不要变成种属歧视。

西：是的，其实某些拉丁学名，也是有问题的，例如狐猴 Lemur，意思是幽灵，就不好了。分类应该是中性的，不幸有时就流露某种价值审判，积重难返。当然，某些判断也可以是正面的。早在达尔文之前，1758 年，林奈已经把我们和猿猴归入同一类。当我们界定别人，其实也是在界定自己。林奈告诉我们，猿猴是我们的近亲。这在当时需要很大的勇气。如今仍然存在的猿猴，林奈绝大部分都没有见过，也没有听过。他在巴西首先发现金狮狨 (Golden Lion Tarmarin)，又在苏门答腊首先发现红毛猩猩 (Orangutan)。

何：人和猿猴都属于灵长目，灵长目有什么特征？

西：我们人类，以及猿猴类，都属于灵长目，也是林奈的叫法。

动物中以灵长目的智力较高，大脑半球相对地较大，于是嘴吻收短；两眼长在脸部的前面，比较接近，而且有眉骨保护，视觉立体化，其中猿类更能分别颜色。视觉的进化，代价是嗅觉、听觉反而退化了。一般都有盲肠，雌性有月经，胸前一对乳头，有牙床，中间的叫门齿，两侧叫犬齿，之后是前臼齿、臼齿；四肢有关节，活动较灵活，能握拿东西，一般都有五个指头或趾头，有掌纹、指纹……

何：人类因为不停的工作，为不同的理由工作，而且因为站立行走，上肢得以发展，逐渐发展了语言的能力、学会了文字，于是可以把工作的成果累积，整理、系统化，我们终于跟其他灵长目亲戚疏远了。

西：动物王国大概分为脊索动物和无脊索动物。脊索动物又分为二十一个纲 (class) 其中之一是哺乳纲 (class Mammalia)，哺乳纲再分为二十一个目 (order)，其中之一是灵长目 (order Primates)。一般分七个等级：最先是“界”(kingdom)，这是最大的区分。“界”之后是“门”(phylum)、“纲”、“目”；再然后是“科”(family)、“属”(genus)；最后是“种”(species)。可能有不同的译法。

试举中国漂亮而珍稀的川金丝猴为例：

界 (kingdom)	动物界 (Animalia)
门 (phylum)	脊索动物门 (Chordata)
纲 (class)	哺乳动物纲 (Mammalia)
目 (order)	灵长目 (Primates)
科 (family)	疣猴亚科 (Colobinae)
属 (genus)	白臀叶猴属 (*Pygathrix*)
种 (species)	川金丝猴 (*Rhinopithecus roxellanae*)

灵长目包括三四百种哺乳类动物。这些动物如何再细分，就有不同的分法，有的只分为两大类：一、原猴类：包括狐猴、眼镜猴，等等；二、真猴类：有人、猿、猴。主流的分法，则分为四类：(一)原始狐猴；(二)猴；(三)无尾猿；(四)人。

无论怎样分法，都是按演化的程度，到了人，成为序列里最后的单位。这是从人的角度看其他事物，为其他事物命名、归类。如果狐猴会分类，就会有不同的排列。但这并不表示我们就天赋最尊贵的地位，我们绝对不是万物的主宰。

何：猿和猴不同，但我们一直把它们混淆了。

西：不同，猿猴是一个笼统的讲法。两者的分别，主要是猴子有尾巴，猿已经没有了。猿的智商较高，有宽阔的胸膛，其中红毛猩猩跟人类同样有十二对肋骨，黑猩猩(Chimpanzee)和大猩猩(Gorilla)更多一对。它们都能辨别五颜六色，简单而言，和人类最接近。人类发现猿这个近亲也会照镜，有自我的意识。

原猴类和猿猴类又各有两个亚目，前者是湿鼻亚目，后者是干鼻亚目。

何：这些灵长目又有哪些特点？原狐猴和猿猴又有什么分别？

西：这些灵长目动物，除了人类，大多都是在树上生活，长短期不一，越早在动物世界出现的——我不想用“原始”这个词——越少下树，于是都擅长爬树，手脚并用，已经是“四只手”了，尾巴就像第五只手，如履平地；有些下了地，反而不灵便。因为生活在树上，它们大多茹素，吃树叶，吃果实，为了吸收蛋白质，也吃昆虫；也有的杂食，吃果实，有时吃肉。它们的眼睛在头部正前方，视野收窄，可是视象变得立体，脑的容量较其他动物大，因此比较聪明，也有利整合、分析视象。刚才说，猿会照镜，有自我意识，狐猴就不会。

从演化的发展讲，原狐猴先于其他猿猴。它们的眼睛虽在前方，但向左右偏侧，方便远望，以便视察天敌，却不利近看，眼前的视线并不能重叠，这么一来，它们的听觉和嗅觉特别敏锐，生长了尖鼻子、大耳朵。猿猴呢，眼睛向前并列，鼻子扁小，甚至下陷，以免妨碍视线。它们的视觉比听觉和嗅觉要好得多。猿更接近人类，人类反过来称它们是“类人猿”。其实，从灵长目出现的次序讲，真要论资排辈，人类应该被称为“类猿人”。

黑猩猩（大阪天王寺）

何：分布的情况呢？

西：现在的猿猴，包括原狐猴类，只生活在赤道一带，包括非洲、亚洲，以及南美洲；远离赤道的地方并没有，美国、欧洲、英国、澳洲、俄国野外都没有。有的在动物园，或者在研究中心。例如叶猴，据说起源于欧洲，它们的祖先从欧洲经非洲，再到达东南亚，包括中国。欧洲反而再没有后裔。直布罗陀有一种猕猴，叫叟猴（Barbary macaque），很特别，并没有尾巴，当地英语称之"巴巴里猿"（Barbary apes，或 Rock apes）。直布罗陀本身就是一个混合体，西班牙人居住，但经投票，仍归英国人统治。这种猕猴的来源，一直没有定论，有人说是来自非洲，由摩尔人带来。它们是欧洲唯一在野外漫游的灵长目，目前大概有二百多只，分成六大家族，因为游客随意喂食，所以走下民居，对居民造成困扰。

何：当地传说，只要猕猴仍在石上，直布罗陀就仍归英国管治。

西：单就数量来说，已经高度濒危，应该受到保护，它们是更早的移民。说回分布的情况。食物是一个因素，气候也是一个因素，它们主要吃热带、亚热带的果实，并不冬眠。日本较冷地区的猕猴，又叫雪猴，幸运的，冬天时可以浸温泉。其实这时候大多都饥寒交逼。

何：刘德华曾有一个广告，推销一种饮料，他一边喝一边浸温泉，旁边同样在浸温泉的雪猴也伸手要。何不倒过来，拎着饮料的是猴子，人也想要？

西：这广告，吸引人的是脸面通红的猴子。中国的金丝猴，也生活在寒冷的地方，譬如滇金丝猴，就栖息在滇藏交界的雪山上，有三千至四千米之高，它们有金黄、温暖而柔软的毛；因此也成为盗猎的对象。但一般猿猴，仍然贴近赤道生活。所以欧美过去的文学艺术以猿猴做题材的不太多，而且误解不少，这和生活、宗教信仰有关，即使到了近年，在流行文化里，仍有很多误解、将错就错。这方面，我们不是要再仔细谈谈么？

何：会的，先试举一例。

西：我无意中看到电视重映达斯汀·霍夫曼（Dustin Hoffman）的电影 *Outbreak*，香港译作《极度惊慌》，台湾译作《危机总动员》，讲走私贩从非洲扎伊尔（Zaire）

川金丝猴（上海野生动物园）

偷运一只猴子到美国，带来了一种很厉害很致命的病毒。

何：1997 年后扎伊尔恢复旧名刚果（Congo）。电影我看过，这种病毒可以在空气里传播，许多人病倒了，引起恐慌。美国军方有些人的解决方法是把受感染的人在一城一镇集中起来，一股脑儿轰掉，而且要利用这种病毒作为生物武器。

西：电影里有一只猴子，主角一直在追寻这猴子，因为它是病毒的源头，要由它化解病毒。我于是瞪大眼看，哦，出现了，原来是一只白脸卷尾猴（White-faced Capuchin），这猴子来自南美洲，并不是非洲。它的鼻子很宽阔，鼻孔向两侧，这是所谓新大陆猴子的特征；旧大陆的猴子，鼻孔向下。旧大陆的，品种最多，大多都归属猕猴科，最大的特点是臀部有厚厚的肉垫，睡觉时坐着；新大陆猴子，臀部并没有厚肉垫。新旧大陆的分法是欧洲一般书籍的分法，有点问题。

何：哥伦布到了美洲，于是叫这个他的发现做新大陆，但这个大陆在 1492 年前就存在，一直有人类也有各种各样的动物居住。这是为一种无知加上光环。他并没有“发现”澳洲，所以新旧大陆的说法并不包括澳洲。

西：也许分为一类是“亚非猿猴”，亚洲和非洲。另一类是“南美猴”；北美并没有猿猴；南美只有猴，并没有猿。当然在大陆漂移之前并非这样，如今北美只留有五千万年前果狐猴的化石。回头说 *Outbreak* 里最关键的病毒源头，其实是张冠李戴。电影还花了一些篇幅，拍走私贩带它远涉重洋，坐船偷入美国国境。

何：好莱坞电影，用大明星，制作庞大，却连小小的调查也不做，或者为了某种效果，明知故犯。白脸卷尾猴会有致命的病毒，像伊波拉（Ebola）什么的？是动物把病毒带给人类，抑或是人类把病毒带到其他动物去？谁绝灭了谁？

西：电影好像讽刺某些军人不择手段，其实人类一直用这个方法对付其他灵长目：把森林连根拔起，运走木材，改造农田房屋，或者棕榈园……

何：或者把它们变成玩物、关进动物园，当做实验品、送上太空，甚至，把它们吃掉。从灵长目的历史看就很清楚了，灵长目四百多种，大多濒临绝灭，只有人类在不断增长，垄断了发言权，操控了其他动植物的生死。

西：是的，我们谈的是猿猴，并不表示不关心人类。

何：人类要为多年来这种自我中心的霸权付出代价。

西：在欧洲文学里，最杰出的猿类你以为是谁？

何：是谁？

西：一位"类猿人"。

何：卡尔维诺（Italo Calvino）的杰作《树上的男爵》（*Il Barone Rampunte*）？

西：对呵，那位男爵自从少年时抗议社会的封闭、专制，爬到树上，从此再不下来，以树为家，而且从树过树，在欧洲游走，他是真正的"类猿人"。

何：书中提过有一只猴子从罗马出发，从一棵树到另一棵树，最后到了西班牙。当年，卡尔维诺说，欧洲有许多树木。这是文学家的想象。如今呢，高楼取代了树木，猿猴和男爵都只会感叹栖息地越来越少，在罗马，许多教堂、广场、美术馆，就是少见树木。所以，你知道，好莱坞电影近年不是重复翻拍什么高楼来高楼去的"类猿人"吗？

西：什么呢？

何：King Kong 是"人猿"，蜘蛛侠、蝙蝠侠则是"猿人"，高科技之后与蜘蛛、蝙蝠之类混杂的新品种。泰山的系列叫"人猿泰山"，为什么不是"猿人泰山"？环境变换了，但运用了新科技，他们于是仍然可以在高楼大厦之间穿梭去来，但是否无意识里仍然有远亲的作用？

指猴

大狐猴

冕狐猴

原猴类

环尾狐猴

丛猴

蜂猴

跗猴

跗猴之所以名列灵长目，
等级又比其他原猴类高，
成为猴科一员，
就完全因为跗骨。

Tarsier
跗猴

电影里的E.T.,《星球大战》里的尤达大师,模样怪异,头大身小,四肢短,手指长,耳朵像老鼠,眼睛像铜铃。是创造者独特的想象么?看来,是从灵长目家族里的小朋友取得灵感吧。灵感来自有趣的跗猴(Tarsier),一般人则喜欢叫它们眼镜猴。

跗猴生长在亚洲,要看它们,可以到菲律宾保和岛的保育中心。它们的个子很小,像小松鼠,小于人的手掌;而且头和身不成比例,于是眼睛和耳朵显得特大。

但眼镜猴并不是它们的正名;外语很清晰,是Tarsier,和大眼睛无关。那么,Tarsier是什么意思?我去请教过一位骨科医生。我们人类的大腿内一根小腿有两根骨头:胫骨和腓骨;而脚的后半部有七块短骨,分为三列,和胫骨及腓骨相接,组成脚根的关节。那七块短骨就是跗骨,它们的另一端和脚前端的跖骨相连。猴子和熊四足贴地行走,靠跖骨支撑,是谓跖行。

跗猴(Tarsus,复数Tarsi)以骨而名,因为它们身体与其他猴子不同之处,不是大眼睛,而是特长的跗骨,这使它们有强劲的跳跃力。跗猴之所以名列灵长目,等级又比其他原猴类高,成为猴科一员,就完全因为跗骨。

跗猴是夜行动物,晚上出猎,需要特别好的视力和听觉,于是演化为大眼睛和大耳朵,能在夜里看见远处的小昆虫,听到细微的拍翼声。

一旦发现猎物,它们就利用长而有力的腿,弹跳过去;它们的手指和脚趾末端都长出肉垫吸盘,可以牢牢黏附树枝,即使在玻璃面爬行也不会失足。

我在纪录片中见过它们捕食的本领:直立身体,附贴树上,脑袋一百八十度旋转窥探,锁定蚱蜢之类,即使几米以外,也可以飞跃过去猎取,再回力镖似的跃回原地,慢慢品尝。

跗猴和丛猴(Bushbaby;又称灌丛婴猴、婴猴)非常相似,都是大头大耳大眼,长在小小的身体之上。如何分辨它们呢?那要看尾巴了。丛猴的尾巴整条布满密毛,跗猴呢,长尾一片光秃秃,到了尾的末端,却聚结了一丛毛,像狮尾。

何福仁 绘

踋猴 （眼镜猴，Western Tarsier）

目	灵长目 Primates
科	Tarsiidae （Gray,1825）
属	踋猴属 *Tarsius*
种	*T.bancanus*
学名	*Tarsius bancanus* （Horsfield,1821）
栖息地	亚洲马来西亚、菲律宾和婆罗洲等热带森林
保护状况	易危（VU）
体重	仅140克，小的不到100克
体长	体长只有9—12厘米，尾巴则长达25厘米
食物	果实；昆虫、小动物

蜂猴又叫拟猴，

好像它们会模拟绿色植物，

逃避天敌。

Slow Loris
蜂猴

地球上眼睛特大的灵长目小动物本来多着哩，除了跗猴，还有蜂猴、丛猴、指猴和夜猴等等，如今可都面临绝灭。这些夜行动物，各有一双特大的眼睛，分布在亚洲和南美洲。

蜂猴 (Slow Loris)，一般人称之为懒猴：眼睛大，个子小，身体特胖，脸面趣怪，加上性情温和友善，显然很讨人喜爱。于是，有人当作宠物，带入了民居。但它们并非猫狗，不是专业的动物学家或饲养员，如何饲养？幸好到头来也有不少人把它们转送到保育中心去了。云南有好几个蜂猴保育中心，不知情况如何，能够去看看就好。

说它们是懒猴，可有多懒呢？比起树懒好多了。树懒真的是慢郎中，入水擅泳，到了树上，反而爬行得极慢，难怪看见猛兽时，也无法快快攀逃，往往给扑了下来。懒猴行动缓慢，但比树懒还是快得多；捕食起来，手脚也是蛮利落的。它们只是天生不爱胡乱走动，尤其在白天，抱住一枝树干，仿佛枕头，呼呼大睡。有时长时间一动不动，反而可以活命。当掠食兽来袭，大家纷纷奔逃，跑动之物会成为追捕的目标，蜂猴呢，被当作树干。另一方面，和树懒一样，不爱走动的蜂猴也被地衣和藻类看中，一有机会就附在它们身上，吸收水气和碳酸气，结果繁殖生长，把宿主变成大茧，形成和环境相似的保护衣。所以蜂猴又叫拟猴，好像它们会模拟绿色植物，逃避天敌。

豢养过蜂猴的人说它们喜欢让人抓痒，喜欢得伸开双臂，作飞翔状。替它呵痒，也许不知道，蜂猴是灵长目中唯一有毒的生物。毒液就在胳肢窝。它用舌去舐，然后把毒液涂在手臂上，当它张大双臂，它其实在抗议，就看谁中招了。

蜂猴不像丛猴，并不擅跳跃，只会爬行，四肢等长，手指粗长，尖端有软垫，攀抓力强。模样容易辨识，因为眼眶外有黑圈，成火焰状伸展上额头。背上有道橙色直纹，从项颈直达尾部。

2010年7月，英国动物学家在斯里兰卡热带森林发现已绝迹六十年的灰瘠蜂猴 (Horton Plains slender loris)，当年英国的殖民者为了种植茶树，大量斩伐树林，令这美丽的小动物丧失家园，从此失去影踪。灰瘠懒猴的背纹与一般蜂猴橙色的背纹不同，它是灰色的，同样从颈项延伸至尾巴。动物学家为它做了一番体检、纪录，然后放回森林。这做法真好，并不是把它收归动物园，或者制成稀有标本。

蜂猴（日本犬山猿猴公园）

棕瘠蜂猴 （Brown Stripe Slow Loris）

目	灵长目 Primates
科	懒猴科 Lorisidae
属	蜂猴属 *Nycticebus*（E. Geoffroy, 1812）
种	蜂猴 *N. coucang*
学名	*Nycticebus coucang* （Boddaert,1785）
栖息地	东南亚热带雨林（泰国、马来半岛及印尼）
保护状况	近危（VN）
体重	0.3–2公斤
体长	25–38厘米；尾长5厘米。
食物	果实、树液；小昆虫。

全球雨林遭受破坏，
大量消失，
野外动物无不叫苦，
丛猴竟然因祸得福。

Bushbaby
丛猴

猴子有许多科许多属许多种，理应各不相同，不过，有些猿猴非常相似，容易认错。譬如黑叶猴和白颊长臂猿，同样是通体黑色、瘦瘦长长，脸颊都有白色的毛发。只能说它们来自同一个祖先。要分辨，就看谁会直立臂行，谁没有尾巴，而那就是长臂猿了。

丛猴和跗猴也非常相似，同样是大耳大眼、指尖有爪和圆垫；同样夜行。外表唯一的分别，也是尾巴；细尾尖端，带蓬松长毛的是跗猴，即眼镜猴。不同科目的物种会相似，仔细分析还是可以辨别的，恰恰是同一品种，相似起来，就不易辨认了。所以，专家的分类，有些物种被分开了，有些，本来分开，后来又合在一起。像长臂猿夫妇吧，一只是黑色，另一只是米黄色，是异族通婚吗？不是的，原来黑的是公猿，米黄的是母猿。不少猿猴也是雌雄异色的。又如黑狐猴吧，应该是黑色的，偏偏有橘红色的黑狐猴，这却和性别无关。

丛猴除了和跗猴相似，更令动物学家头痛的，是它们和同类极似，所以丛猴到底有多少品种，现在还弄不清楚。丛猴是原猴类，生活在非洲坦桑尼亚，只栖息在树林的低层，称为灌木丛猴，它们的叫声如同婴孩，故又名婴猴，二名合一，即 Bushbaby。

1995 年又发现了新的品种。用的是什么方法呢？声音。因为每个族群会发出独特的声音。看来，引进声音的分析，一定又有新的发现。回旋曲丛猴 (Rondo Bushbaby) 就是由分析声音辨认的。物种的种名多数以地方或发现者来命名，回旋曲丛猴取了音乐的名称，大概是因为它长了一条回旋的尾巴吧。如今竟出现回旋如瓶刷的尾巴。

全球雨林遭受破坏，大量消失，野外动物无不叫苦，丛猴竟然因祸得福。它们并不生活在乔木上，而是栖息在接近地面的灌木丛。密林深处，阳光不到，没有丛猴的食物。它们的活动集中到树林外围、河边的地带。人类把树木伐去，留下空隙，阳光遍照，灌木得以蓬勃生长，对它们来说，好得很，粮食、栖息的地方一时间变多了。

从猴善于直立跳跃，捕猎昆虫时，犹如螳螂，从天而降。它们可以一跃两米高。平时则四肢触地而行。除了昆虫，它们也吃花果和树胶，保护它们等于帮助农业，因为它们最爱吃的是蝗虫。

母丛猴携育孩子时也很特别，并不像其他猴子那样背负在身上，反而像猫科动物，用嘴衔着，收藏在树洞，自行出外觅食。白天一起躲在树洞睡觉。它们的听觉灵敏，每只耳朵可独立旋转。

从属名可以分辨丛猴的特征：Otolemur 是指粗尾巴的大品种；Euoticus 是指长了针爪的品种；Galago 是指体型小的品种。全都住在非洲；非洲人称它们为 Magapies，意思是小夜猴。

西西 绘

回旋曲丛猴 （Rondo Galago）

目	灵长目 Primates
科	丛猴科 Galagidae
属	丛猴属 *Galago*
种	回旋曲丛猴 *G.rondoensis*
学名	*Galago rondoensis*（Honess,1997）
栖息地	非洲中部灌木丛
保护状况	极危 （CR）
体重	43—96 克
体长	12.9—19.9 厘米；尾长 15 厘米
食物	果实、树液；昆虫（特别喜食蝗虫）

这尾巴，

除了跳跃时帮助平衡，

也为族群通风报讯，

而且，还是厉害的生物武器。

Ring-tailed Lemur

环尾狐猴

早年去旅行，为了看山水风景，稍后参观美术馆、教堂，接着，去看房子、娃娃屋、趁毛熊墟等等。最近，则是走访动物保育中心、热带雨林。目前我最想去的地方是马达加斯加，只为看狐猴 (Lemur)。

摊开地图，马达加斯加在哪里？哦，在遥远的非洲东南端，一个在印度洋的独立岛屿，可是飞行要多久呢？我试过在长程航机上因血糖过低而短暂晕倒。幸而（对我来说），香港动植物公园有一小群狐猴（这是它们的不幸）。它们是环尾狐猴 (Ring-tailed Lemur)，因为尾巴是一圈黑一圈白，常常竖起，如同旗帜，远远就可见到。这尾巴，除了跳跃时帮助平衡，也为族群通风报讯，而且，还是厉害的生物武器，帮派之间一旦战斗，环尾狐猴就把肘上腕上的腺脂抹在尾巴上，散发一场狐臭战，受不了只好败走。狐猴名称之来，据说是它们的脸面狭小，吻部尖长，像狐狸；是否也因为狐臭？

环尾狐猴由母猴当家，女王由公主承继，采世袭制，当家一族成为贵族，姑姑姨姨全部升仙，美食先尝，华树先占，真是阶级森严，庶民则生活艰苦。狐猴在灵长目里照人类的划分，属于初等原始猴类。那么人类早期的封建意识，是否源自同样的动物性呢？不过平民也好，贵族也好，在一个原本没有什么天敌的地方，同样生机日蹙，因为人类把树木砍伐，抢了它们的栖所和食粮。

公园里的环尾狐猴都排排坐在枯木上，瞪着黑斑块中金黄色的眼睛，这里没有仙人掌，也没有罗望子树。它们最爱晒太阳，会一起摊开手脚，抬起嘴吻。但今天没有阳光，下次我早点来。

在家乡的时候，虽然有时找不到食物或遭到贵族的排斥，好歹是自由的。受人圈养，当然是被困了；但困限也有大小差异。如今的动物园，一般都会有休憩的房舍和小小的运动场，一旦下雨，可以在室内避雨，不怕皮毛打湿。由于食物充足，没有天敌，算是不幸中的小幸。

对环尾狐猴来说，最好的动物园应该是上海浦东那边的野生动物园吧，大伙儿住在一个开放的小岛上，有树木可攀，有草地可奔跑，还有小茅屋可

环尾狐猴(香港动植物公园)

栖息。有游人来参观，又可有香蕉吃了。冬天时，北京的野生动物园也不错，运动场里有好几台暖风机，大伙儿可以蹲在前面像晒太阳那样摊开双手取暖。世界上原来也有好人的。

环尾狐猴 （Ring-tailed Lemur）

目	灵长目 Primates
科	狐猴科 Lemuridae
属	狐猴属 *Lemur*
种	环尾狐猴 *L. catta*
学名	Lemur catta（Linnaeus,1758）
栖息地	马达加斯加
保护状况	易危（VU）
体重	约2–4公斤
体长	约38–45厘米，尾长为56–63厘米
食物	树叶、水果、花朵、树液；昆虫、鸟蛋

唤朋引类时叫声是“思花卡”，

于是人类也这样叫它们：

Sifaka。

Sifaka 冕狐猴

在生物学分类的阶梯上，人类把自己和猿猴放在最高层，其实加起来也只占灵长目的一半，称为“真猴类”;另一半则是“原猴类”，从演化的角度看，较初级。早两年，天天看动物频道节目、翻书本时也可以见到原狐猴，那一只只白色、漂亮的舞蹈家，原来是我们的近亲。

在狐猴（Lemur）之中，我最喜欢韦氏冕狐猴（Verreaux's Sifaka)，又叫白背跳狐猴，它通身素白，只有脸、顶冠和手掌是黑色，手比腿稍短，尾巴特长。而且性情温和，吃素；在树上生活，在林间弹跳穿梭。树林可是越来越少了，它往往得下地走路。它其实不大会走路，只能跳，像螃蟹般横着跳，时左时右，仿佛长臂猿的臂行，跳三四步再蹲下。无论跳动或静止，都是直立的；跳动时两臂伸展，脚拇趾和其他分开，很好看，像轻功超卓的侠士，像翩翩的蝴蝶。

白背跳狐猴另一令人瞠目的绝技是惯于在荆棘丛中游走，没穿戴什么皮革手套，竟丝毫无损，从刺槐起跳，降落到仙人掌上，都如履平地，真是了不起的身手。

它们爱群居，休息时一只挨一只排成队伍。唤朋引类时叫声是“思花卡”，于是人类也这样叫它们：Sifaka。

最近法国一家动物园培育出一只白背跳狐猴，在网上传为喜讯，因为这种濒临绝灭的生灵，甚难人工圈养。看小猴抱着玩具熊妈妈，手指尖长，动物园的员工给它起名“Tahina”（芝麻酱），Tahina 原产中东，小猴的故乡其实在马达加斯加。

冕狐猴是大狐猴科内的冕狐猴属。这个属包括冕狐组五个品种和韦氏组四个品种，我们常见的是韦氏思花卡，它全身白色，头顶有一团黑斑，被称白背跳狐猴。其实，冕狐猴的色彩众多，有的是乌黑色(P. edwardsi)、(P. deckenii)，有的是半灰米橘色(P. diadema)，等等。从表面分辨品种的方法，除了看毛色，可以看毛发在掌面的浓密度，有的毛长至手腕，有的则长到指尖。无论哪一个品种，脸面都是黑色，无毛。

当我们看见白色的跳狐猴，别以为一定是韦氏种，因为冕狐猴中共有两个品种是全白色的，另外一种有自己的特征，除了黑色的鼻尖和眼睛，丝冕狐猴的脸是粉红色的。

Lemur一词在拉丁文中意指鬼魂，在马达加斯加东北地区栖息，土著称之为“林中幽灵”。名字很不好。不过另外有人称它们为“林中天使”，学名是 *Propithecus candiduo*，科名为 Pithecus，就是猴子。与其他四个属的狐猴命运一样，丝冕狐猴已列入世界濒危的二十五种野生动物之中。

西西 绘

韦氏冕狐猴 （Verreaux's sifaka）

目	灵长目 Primates
科	大狐猴科 Indriidae
属	冕狐猴属 *Propithecus*
种	韦氏冕狐猴 *P. verreauxi*
学名	*Propithecus verreauxi*（A. Grandidier, 1867）
栖息地	马达加斯加
保护状况	易危（VU）
体重	雄性3.6公斤；雌性3.4公斤
体长	42–45厘米；尾长 56–60厘米
食物	草、叶、水果

跳跃时，
在影片所见，
好看极了，
它们伸直手脚，
一去十多米，
像鱼雷。

Indri 大狐猴

狐猴中个子最大的是光面狐猴，又名大狐猴。以前，还有和黑猩猩一样的大个子，却早已绝迹。

外国人首次见到它们，问起名字，由于语言隔阂，土著只答“在那里”(Indri)，Indri 就当成名字。

Indri 和 Sifaka(思花卡) 是同一家属 (family)，模样相似，但大狐猴长了一双毛茸茸的耳朵，仿佛毛熊。狐猴的尾巴都很长，以平衡在树间跳跃，但大狐猴却是例外，尾巴只有五厘米长。它全身黑色，夹杂白色的条纹和斑块，善于弹跳、飞跃，跳跃时，在影片所见，好看极了，它们伸直手脚，一去十多米，像鱼雷。

我缝的大狐猴用了蓝色，让它出众些，因为这幅毛海极漂亮，有阴阳深浅，由人手特别染成，而且我联想到蓝墨水。至于说哪有蓝色的大狐猴，谁敢肯定呢？生物学家就见过蓝色的北极熊。当大部分白色的北极熊因地球暖化而消失，我们又会因为出现一头白熊而大惊小怪。英国的波普尔说：我们看见的天鹅是白色的，也不能证明所有的天鹅都是白色的。苏东坡用朱砂画竹，有人觉得奇怪:哪有红色的竹？东坡居士答得妙:大家画墨竹，难道竹有黑色？我把蓝色大狐猴放置在树丛间，让朋友拍照，它看来愉悦自得，好像说:蓝色，我感觉良好就是了。

大狐猴是昼行动物，但昼夜都很少活动，也很少下地，喜欢长时间守在树上。人们不易见到它，可是常常听到它的叫声，尤其在清晨，此起彼应，声音嘹亮，传达两里之外，令人动容。它们用脸颊腺分泌气味，作为领土的标志；和思花卡一样，也不易圈养，更不是宠物，只爱自由自在，在马达加斯加那里。

何福仁 绘

大狐猴　(Indri)

目	灵长目 Primates
科	大狐猴科 Indriidae
属	大狐猴属 *Indri*（E. Geoffroy & G. Cuvier, 1796）
种	大狐猴 *I. indri*
学名	*Indri indri*（Gmelin, 1788）
栖息地	马达加斯加
保护状况	濒危（EN）
体重	13公斤
体长	70厘米
食物	水果、昆虫

名为指猴，
因为它的手指像鸡爪，
骨节瘦削纤长，
尤其是中指，
夸张得像独眼海盗船长的铁钩。

Aye-aye
指猴

猴子和人一样，外貌不合主流观瞻，加上行径出奇，往往受歧视。白背跳狐猴，长得多美多可爱呵，而指猴，多丑多可怕哩。它长得像耗子，哪里是猴子：眼若铜铃，耳如蒲扇，黑黝黝，嘴尖尖，幽夜出没，仿佛邪灵。马达加斯加的土著见了就追杀，认为它会带来厄运。杀了许多年，几乎灭族了。

名为指猴，因为它的手指像鸡爪，骨节瘦削纤长，尤其是中指，夸张得像独眼海盗船长的铁钩。当地没有啄木鸟，都化身成为指猴，它会倾听树干内的动静，用尖牙咬破树皮，用长指伸入洞中，挖出蛴螬进食。它的手指末端，长着锐利弯曲的指甲，如同猫爪；它的大门牙，终生不停生长，使人以为它是啮鼠类。但不是的，它属哺乳纲灵长目、狐猴科，自成一属，也是独一的品种。名叫“唉唉”(Aye-aye)，大概来自它的叫声，那可是对人世的感叹？想想也够奇怪的，长相和行为被认为丑怪的生物，原是我们的表亲。

除了蠕虫，指猴也吃水果，最爱椰子和芒果。芒果固然易吃，椰子可也难不倒它，能咬破椰壳的猴子很少，指猴可能是冠军，再用长爪挖出果肉。指猴出外觅食，会把幼儿留在家中。也许，晚上高空的掠食者并不太多。

指猴白天睡觉时，可不是找个树洞就算，而是自行筑巢。有趣的是，巢穴虽是私家物业，但指猴很大方，可以公用。睡觉的时间，来不及筑巢的指猴，可以走进其他的指猴窝，天天换巢，也没有大问题，只要还挤得下来客。这种共同的房子，当然不可能是豪宅，同样的道理。指猴看来对住所并不挑剔，它可以栖息在密林、红树林，必要时可以躲进荔枝和椰树园，这比其他狐猴优胜，雨林消失，它们暂时还可以找到地方容身。

昼伏夜出，也就不易见到。生物学家追踪指猴，往往落空。何况，这种夜行动物是独行侠，各自觅食。曾看过一部寻找指猴的纪录片，主持寻寻觅觅，全是空镜头，到了最后一分钟，才得见它的庐山真面目，用蜜糖引它，倒悬身子，头下脚上，从树干姗姗下来。

何福仁 绘

指猴（Aye-aye）

目	灵长目 Primates
科	指猴科 Daubentoniidae（Gray,1863）
属	指猴属 *Daubentonia*（E.Geoffroy,1795）
种	指猴 *D. madagascariensis*
学名	*Daubentonia madagascariensis*（Gmelin,1788）
栖息地	马达加斯加雨林、果园
保护状况	濒危（EN）
体重	约2.5公斤，雌性稍轻
体长	约为30—37厘米，尾长44—53厘米
食物	坚果为主，水果、种子、蘑菇、椰子；也吃幼虫等

即使到了 20 世纪，

在流行文化、流行小说、电影、漫画里，

猿猴的形象也仍然不好，

充满偏见、误解。

西西　何福仁

对谈

西方猿猴的形象

从中世纪到文艺复兴：邪恶之征

何福仁（以下称“何”）：“欧洲不出产猴子，有的，都是出于好奇，从外地运来。”这是格列佛在大人国里向大人国王的解释。他在大人国里遇到最危险的事，是被一只猴子从小房子里抓去，当他是小猴子，喂他吃东西，那些食物，其实是从它自己嘴巴的颊囊掏出来，硬要塞进格列佛的口里。猴子是宫廷厨师养的，它当然并非恶意，可是对格列佛来说，很惨。它像一只巨象，不，其实像后来的 King Kong(金刚)。其他人追捕它，有人向猴子扔石，几乎令他头破血流。它攀上屋顶，手上抓着一个小人。这场面，的确就是 *King Kong* 最经典的影像。不同的是，这个小人不是金发美女，而是白种小人。格列佛狼狈不堪，可是下面的大人呢，却哈哈大笑。他后来回答国王，说欧洲就算有猴子，也很矮小，他可以一口气对付十二只。那猴子因为其他人上来围捕，才扔下格列佛。猴子的下场，就像 King Kong，被杀了。

西西（以下称“西”）：我可记不起《格列佛游记》（*Gulliver's Travels*）这个场面，欧洲和北美除了发掘出猿猴化石，的确再没有土著猿猴；只除了直布罗陀那些移民。

何：小小的插曲。20 世纪前，西方传统文学艺术里因此很少以猿猴作为题材，有些偶然提及，但形象都不好，甚至恶劣。半世纪以来猿猴题材多了许多，经常在流行文化，例如电视、电影出现，但形象没有太大的改善。

西：猿猴最早出现的，大概是古埃及的 Babi(巴比)，这是长鬃狒狒 (Hamadryas baboon)，埃及人把它神化，猴头人身。埃及的神祇，许多是动物头、人身，像掌管书写的图特，是朱鹭头，他打通天地人神，权力极大。Babi 是图特的侍从，在神祇里比较勇猛，甚至嗜血。长鬃狒狒在埃及生活，在猴类里，它给人的印象是性情比较凶暴，这其实是环境形成的。我反而觉得它们的生活很艰苦，从树林落到地面，天敌最多。一位学者也曾经写过，她和狒狒建立互信之后，友善地相处的经验。在埃及，它的形象仍是正面的。

何：亚里士多德的《动物志》(*Historia Animalium*) 只有两章提到猿、猴，篇幅很少，讲猿猴的生理构造，指出猴子有尾巴。分述动物性情、生活方式时，没有再讲猿、猴。他说得对吗？

西：说得都对。他把狒狒跟猿、猴另分一类，说狒狒体型大、牙齿锋利，头像狗脸，都很对。不过他说猿的眼睑有睫毛，下眼睑较少，我一直怀疑，最近隔着玻璃近距离看过红毛猩猩，果然是有的。黛安·弗西（Dian Fossey）也说过猿是有眼睫毛的。无论如何亚里士多德的观察，在两千多年前，很了不起。何况他研究的不是一种动物，而是各种动植物。

古埃及的Babi(巴比)雕像

何：在卷八讲动物的习性，他说动物的生活行为，一为繁殖，二为饮食，这两者是一切动物全部的兴趣，符合这天赋本性的事物，便引以为快。这是告子所说的“食色性也”，猿、猴当然也是这样。对动物来说，道德是人类添加的，它们不是不道德，而是非道德 (amoral)，无所谓道德。

西：另一位古希腊的伊索 (Aesop，公元前 6 世纪)，流传下来三百多个寓言，大概只有六则与猴子有关，比较浮泛，其中也有后人添加。归纳起来，形象并不好，包括自夸、说谎、不称职。有一则说猴子妈妈生了两只小猴，偏爱其中一只，嫌弃另一只，结果受溺爱的夭折了。其实猴子每胎只有一个幼孩，万一是双胞胎，它在树上攀爬、觅食，也只能养活其中一个，这和偏心与否没有关系。猴子里也有双生的，那是南美洲的狨和獠，例如白耳狨（White-tufted Ear Marmoset）、棉顶獠（Cotton-top Tamarin），那是很特别的例子。不过这些可爱的小动物，养育之责都落在父亲叔伯身上，终日要背负着两只小猴，可不是说笑。幸好出生十个星期左右，幼儿已经可以稍稍独立玩耍。我看了许多年Animal Planet等电视节目，觉得野外动物的生活，真是越来越艰苦；尤其是要携育子女的母亲。可以想象，五百万年前人类祖先的生活。伊索另有一则说猴子善于模仿，这看来贴近动物的习性了，但讲它模仿渔夫打鱼，撒网时把自己缠住，差点溺死。

何：伊索的寓言曾经是古希腊青少年学道理、学修辞的教材，问题在流传的时候，逐渐形成一种对动物的成见，例如狐狸是狡猾的，兔子懒惰，乌龟勤力，猴子呢，会模仿，却模仿得不到家，成为了歹角。那是个认为“艺术模仿自然”的时代，但猴子是劣仿的典型。博尔赫斯（Jorge Luis Borges）说过不喜欢寓言故事，像伊索、拉·封丹（Jean de La Fontaine, 17世纪），把动物沦为“道德的工具”。

西：拉·封丹的寓言来源很杂，东西方都有，也有几个出现猴子的故事，有一个比较特别，有趣，那是朱庇特（Cupid）的随从，一只为他办事的猴子。

何：像信差？

西：像印度的哈奴曼。大象和犀牛争夺世间的盟主地位，见神猴下凡，以为是为了裁决它们的纠纷。谁知这猴子根本没听过它们的战争，到来是为了什么呢，大象问。猴子答：为几只蚂蚁分配一棵草；你们的事嘛，天国可没有听说过。然后它补充：在诸神眼中，大小动物没有两样，都是平等的。

何：听来是平等，其实是说，你们争夺的所谓盟主，比不上一棵草，你们连蚂蚁也不如。这猴子真有点幽默感。

西：在几个文明古国，例如埃及、印度、中国，猴子代表勇敢、智慧、敏捷，在西方基督教的传统里，却很负面。

何：西方人早期使用猿猴，还只是“道德的工具”，扮扮歹角，到了宗教抬头，却坐实成为“不道德的工具”，猿猴代表的是一切的不道德。当中国人说某某人的孩子像猴子，是轻责，那是指调皮、鬼灵精、活泼好动，并不伤大雅。中国人的父母

 会在外人面前这样形容自己的孩子，意思是他淘气，潜台词是，他很聪明哩，并不笨。但倘说某某洋童是猴子，他的父母会当是侮辱，你说他扮鬼扮马，其实很蠢，很可笑。而且还有其他的贬意。美术史家詹森 (H.W. Janson) 写过一本《中世纪及文艺复兴时期的猿与猿学》(*Apes and Ape Lore in the Middle Ages and the Renaissance*)，指出西方从中世纪到文艺复兴时代，逐渐对猿猴形成一种既定的看法：邪恶。

西：要再说说这问题。

何：首先，怎么解释猿猴的存在呢？这种毛茸茸、其貌不扬的动物，似人、喜欢模仿人，智商高于其他动物却又低于人？最简单的说法是：它们是某些人因为种种恶行而堕落，被上天惩罚而变成的。远在希腊神话里，英雄赫拉克勒斯（*Hercules*）的各种故事里，其中有一个版本说他曾受有尾的倭人 Cercopes 陷害，宙斯（Zeus）把这些倭人贬为人猿。当年欧洲人对猿猴的认识很含糊，基本上是按亚里士多德的三种划分：有尾的是猴子；无尾的是猿，狒狒是第三类。但他们的所谓猿，是指直布罗陀没有尾巴的 Barbery monkey，所以这种猕猴又叫 Barbery ape。很奇怪，在中世纪初期，猿没有尾巴，也曾经被嘲笑。詹森提到一个故事，讲猴子自觉欠缺，乞求狐狸让一部分尾巴给它，被拒绝了。早期的宗教家认为没有尾巴，意味有头没尾，不得善终；后来，当撒旦的形象落实为有尾的魔鬼，有尾又成为罪证了。到头来，有尾无尾的猿猴都不是好东西。至于受埃及人神化的狒狒，更被指责是异教的偶像。公元 391 年，罗马帝国清洗异教，亚历山大港由阿非罗主教领导，驱逐异教士、取缔异教仪式，神像、神庙一概拆毁，只特别留下一座作为罪证，那是一座猿塑。著名的亚历山大港图书馆可能就因此被毁。

再其次，猿猴喜欢模仿，本来是可怜可笑的，到了中世纪，也变成罪不可恕，撒旦不是一直扮演上帝么？它不能创造什么，就对追随者僭称自己是创造主。猿猴于是无论外形和内容都跟撒旦最相似。詹森的书，搜集了大量文献、雕塑、绘画，说明猿猴在欧洲是怎样被变成魔鬼的。

西：记得书里引出两个猿因为学人而被俘的故事，一个是猎人在猿窥伺时穿鞋，却暗中在鞋里放了铅块，到猿学穿，就跑不了。另一个，猎人假装在眼睛上涂上粘鸟胶，猿也照学，结果瞎了好一阵。猎人，同样被解释为邪恶的力量。

何：中国的《太平广记》也有猿学人喝酒、穿鞋，结果被捉的故事。钱锺书说意大利有告诫人非分之想每每自取其咎，“譬之沐猴着靴，寸步难行。”成语又有“沐猴而冠”的笑话，猿猴在中国有时候被讪笑，比如庄子的“朝三暮四”，但仍不至于沦为跟魔鬼同道。这问题，还可以再说说。

把猿猴贬落地狱

何：英语有一句古谚：Leading apes in hell，莎士比亚就用了两次，一次在《驯悍记》(*The Taming of the Shrew*)，另一次在《无事生非》(Much ado about Nothing)。例如《驯悍记》里，女主角跟父亲争吵，她认为父亲对妹妹比对自己好，她说：

I must dance barefoot on her wedding day
And, for your love to her, lead apes in hell.

朱生豪这样译：“在她结婚那天我得赤着脚跳舞；由于你爱她，我得做老处女，在地狱里管猴子。”

西：译成猴子，而不是猿。

何：但为什么是 apes？一直众说纷纭。有的现代英语本，意译成：I must dance barefoot on her wedding day. You like her best and so I'll die an old maid. 中文大意是：你最喜欢她了，那么我只好终身不嫁。没有了 apes，也没有了 hell，索性免除了麻烦。Janson(詹森)提出，在西方，从中世纪以至文艺复兴，ape 已经成为一种象征：淫乱。ape 像人，但毛茸茸，生活在野外，由于误解，以为它吃人、邪恶。有些宗教家认为这是撒旦的伎俩，并非上帝的创造；犹太教则认为部分建造巴别塔的部族被上帝惩罚，变成人猿。不过詹森指出，lead apes in hell 这句话针对女性，其实也包括男性，不嫁不娶，就被认为他们追求的是不道德的性爱，不愿意受婚姻的约束，像人猿那样，这就要下地狱了。

西：这是偏见，对猿、对猴，也是人类对人类自己。

何：把猿贬落地狱当然是古代西方宗教家的偏见。到了新教改革也并没有改善，看来好像很矛盾，基督教不是主张贞洁么？终身不嫁不娶，何以会沦落地狱？这是因为嫁了娶了的男女，好像就有了道德的保证。这当然是清教徒的逻辑。到他们当权，连莎剧也禁演了。中世纪乔叟的《坎特伯雷故事集》(*The Canterbury Tales*) 最末的《牧师的故事》，那位牧师其实没讲什么故事，讲的是七宗罪，首先是骄矜，骄矜的表现像什么呢？这牧师说得很粗俗：好比母猿 (she-ape) 突出屁股，圆得像满月。猿，在西方基督教传统里，代表丑恶、下流、淫乱。

库克《人类的堕落》

莎翁偶然提及猴子、猩猩，当然不会是好东西，莎剧我读得不多，但我可以举《奥塞罗》(*Othello, the Moor of Venice*) 为例，那位追求女主角的绅士，自称不会笨得如何如何，“除非我跟猩猩交换了头脑。”其实他是剧中最笨的人，一直上坏人的当，猩猩不见得愿意跟他交换。中国人是不会这样说的，说人笨的比喻，是猪。猪是否真笨，那是另一个问题。莎剧这个人物也看不起其他动物，爱拿小猫小狗做坏比喻。

在转入讨论现代小说、电影之前，我们是否还需要再举两个例子，分析一下？

西：透彻些。

何：纽伦堡的路维希·库克

(Ludwig Krug) 在1514年的浮雕《人类的堕落》(*The Fall of Man*)，这是文艺复兴初期的作品。夏娃一手握着右边智慧树的枝干，树上有蛇，另一手搭着阿当的右肩；是夏娃搭向阿当，而不是阿当。阿当在左边，转身背向，左手提起苹果。库克认为夏娃和阿当都在迟疑，夏娃看来不是，她是右边的智慧树、树上的蛇，以及阿当的中介。阿当的脚下伸出一只猴子，头脸很突出，左手一如阿当提起，正在啃阿当未吃或者将吃的禁果。阿当的背向，大可玩味；在视觉效果上，他也被猴子取代了。猴子不单似人，而且嗜吃果实，对美食当然不会迟疑。猴子是在预演、抑或是在模仿阿当吃禁果的样子？抑或，这浮雕其实可以解释为两个时空的并置；是猴子模仿人，抑或到头来，人变成猴子？

裸露的夏娃，真实得叫后世的道德家把口边的"世风日下"吞回。后世种种人与猿猴的爱情故事，都不过是这浮雕的注脚。伊甸园里什么时候出现猴子，成为诱人堕落的魔鬼，而不是蛇，蛇反而退居右上角？艺术家可能觉得撒旦变成猴子，吃果子，长尾巴，比变成蛇更有说服力。

西：稍晚的老布鲁哲尔(Pieter Brueghel the Elder)的雕版《猿猴窃货郎》(*The Pedlar Robbed by Apes,*1562)，绘画一个商贩在树下睡懒觉，一大群猿猴走来，二三十只之多，翻开了他的东西，举行狂欢节，有的把手套、布袋之类挂到树上，有的在照镜、骑木马、打鼓、吹号角，有的试戴眼镜、试穿皮靴、搜索钱袋，更有的加以狎玩：在他的帽子便溺、在他的屁股后面掩鼻，总之为所欲为。大多都没有尾巴，是猿；有的有尾巴，那就是猴子了。二者画家未必能够区分。但小贩不会被狐狸豺狼偷窃，偷了，也不会模仿人那样试用。这主题，在欧洲曾经相当流行。

绘画民间群戏，是老布鲁哲尔的惯技，这木刻虽然没有把猿猴画成怪物，像他画的七宗罪之类，那明显是受布希(Bosch)的影响，仍使人感觉这些猿猴像小魔怪。在西方，猿猴有时成为魔鬼，有时又调皮捣蛋。你疏于防范，它们就乘虚而入。

库克的猴子，呈现的仍然是传统宗教的角度，老布鲁哲尔却代表了平民的视角。我们都喜欢他的画，还记得在维也纳、布鲁塞尔等地追看他的作品吗？

何：记得的。

西：18世纪伏尔泰（Voltaire）的《憨第德》(*Candide,* 大陆译作《老实人》——编者注)有一段很奇怪，写憨第德看见两个女子被两只猴子追逐，用枪把猴子射杀了，

老布鲁哲尔《猿猴窃货郎》

英译叫 Monkey，我不知道法文原著的用词。他以为自己救了人，两只猴子却原来是女子的“情人”。伏尔泰写了憨第德的好心做坏事，更重要的是表现两个女子的异类恋。

何：可能是对卢梭（Jean-Jacques Rousseau）鼓吹原始、自然，所谓“高贵野人”的讽刺。这类异类恋，尤其是人猿之间的爱情故事，真是历久不衰，我自己就觉得很倦厌。艺术史家指出灵感的源头可能是《一千零一夜》那个短短的公主与人猿的故事，故事讲一位公主跟一个黑奴私通，不能自已，向管家婆诉苦，管家婆告诉她，动物中性能力最强的是人猿。于是当她看见一只人猿，就引它入宫，取代了黑奴。后来东窗事发，国王十分生气，公主不得不带同人猿私奔，在沙漠隐居。因为每天进城，吃了饭又买肉，引起一个年轻屠夫注意，尾随她回家，把人猿杀死了，并且娶她为妻。但经不起她对性的需索，苦不堪言。幸好一个会医术的老婆子告诉他，那其实是怪病，并且用一种巫医方法把她治好了。从此两个人幸福地生活。这故事，

18 世纪时经过翻译，传到欧洲去。不过，公主与人猿，并非真正的爱情，而是性的渴求，来自一种怪病。后来一些现代小说、电影把这题材大加发挥，例如大岛渚和欧洲人合作的电影《马克斯，吾爱》(*Max, Mon Amour*, *1985*)，马克斯是一只黑猩猩，女主角因为丈夫有外遇，爱上马克斯，丈夫反过来疑神疑鬼。1996 年荷兰的彼得 · 霍格（Peter Hoeg）的小说《女子和猿》(*The Woman & the Ape*) 写一位女子因为丈夫的冷落，和收养的人猿恋爱。电影最终破镜重圆，喜剧收场；小说则人和猿离开人类社会，幸福地生活，更孕育了孩子。这一切的误会，以讹传讹，原来都来自苏丹宫廷里一位管家婆的天方夜谈。

西：记得《树上的男爵》有一段，卡尔维诺把伏尔泰也写进去么？叙事者在巴黎得见伏尔泰，老哲人问他居处附近是否有一位哲学家，像猴子那样一直生活在树上。那是家兄，他答。他待在树上，是否觉得更接近天空？家兄认为要看清楚地面的人，必须保持必要的距离，他解释。以往认为主宰世界的是自然，现在呢，伏尔泰说：是理性。

何：卡尔维诺的三部曲就叫《我们的祖先》(*I Nostri Antenati*)。到了 19 世纪，一位英国人替猿猴绝地反击，而且击中要害，他说：它们其实是我们的亲戚。

西：达尔文。

何：达尔文进化论的问题，我们迟些会讨论。我们接着要谈谈西方现代与猿猴有关的文学、电影。不过，在此之前，别忘了一位当代女画家，喜欢画猴子，算是为猴子小小的平反。

西：一位传奇人物，墨西哥女画家弗里达 · 卡罗（Frida Kahlo，1907—1954)。

何：现代画家绘画猿猴的例子其实不多。比例上画得最多的，反而是这位墨西哥女画家，好莱坞曾把她的故事改编电影。她的画，大多是自画像，其中至少有六幅画自己和猴子一起。她只活了四十七岁，十八岁时遭遇严重车祸，在病床才正式拿起画笔，从此不断做脊椎手术。近年声誉日隆。

西：猴子在墨西哥的文化也有不好的声名，那是贪欲的象征。但她所呈现的猴子形象，可是正面、亲和。

何：试以 1943 年的一幅为例，她和四只猴子的自画像。她在中间，猴子分占左右，目光闪绰，也有点怯生，两只在前，两只在后。前面的两只，分别伸手牵搭着她的颈背、

弗里达《与猴子的自画像》

胸肩，很长的手呵。

西：那是蜘蛛猴，南美洲的土著。

何：她自己呢，神色一如她所有的自画像，肃穆，以至于冷漠，从来不带笑容。当然，考虑到她自小患上小儿麻痹，后来又遇上车祸，做了三十多次大小手术，晚年甚至要截肢，加上自己纠缠不清的恋爱生活、离婚而又重新再结合、三次流产，等等，可说饱受健康、爱情的挫折，愉悦的时候少，不如意的日子多，也就可以理解。但撇开这些，单看她对自己的绘画，虽冷漠，却流露一股刚强，你要同情、怜悯她么，对不起，你搞错对象。

西：她没有美化自己，也没有自怜。而是两眉连接，加上短髭，很男性化，像古代墨西哥的战士，可说是女中丈夫，甚至雌雄同脸。她其他的自画像也是这样。看她的照片，真是神情俏妙，据说她根本就是双性恋。但不管这些，这的确是很独特的形象，前所未见。至于猴子，友善、亲和，仔细看，左边的一只，其实安坐在她的手臂上，右边的呢，尾巴也缠绕着她的手臂，既不邪恶，也没有捣蛋，跟过去在西方的形象并不相同。背景也总是南美的热带植物。我看她同期或者其后别的墨西哥绘画，很多都不能摆脱欧洲的影响，比方立体主义，有的又像高更。卡罗的画，初期也许受丈夫迭戈·里维拉(Diego Rivera, 1886–1957）的影响，但逐渐表现了自己强烈的风格。

何：这画背后有一个故事。我们知道，她生前一直在丈夫画名之下，连对社会主义的信念也仿佛是他的随从，她是在死后名气才大大超越丈夫。20 世纪 40 年代是她的丰收期，健康却也日渐变坏。这一年她应聘成为美术学院的教师，可是因为病情，只能把教室转移到病房，最后只剩下四个不离不弃的学生。这四只猴子，看来写实，其实也是转喻。同时出现四只，也是唯一的一次。她的自画像出现过鹦鹉、猫狗，但猴子最多。猴子对她来说，从 1937 年绘画的第一幅起，就是朋友、慰藉，而这是互动的，彼此相依。其中 1940 年的一幅，她的颈项以丝带缠了几圈之后，再缠向肩上的猴子，在 20 世纪 80 年代末，这画售价一百万美元，由歌星麦当娜（Madonna）购存。

小说里的猿猴

西：20 世纪以后，猿猴在西方文学逐渐增多，我们就举水准较高、较有代表性的谈谈，或者可以表现他们对猿猴的认知、看法。

何：好的。卡夫卡 (Franz Kafka) 写过一个短篇《给科学院的报告》(*A Report to an Academy*)，通过一只人猿以第一身的角度向一群学者报告，讲述它向人类学习，模仿人类各种行为，最后为人类耍马戏的经过。这人猿的原乡在西非黄金海岸，被人捕猎，受了枪伤，脸上留下一个红疤，于是叫做“红彼得”。黄金海岸是早年大量出口黑奴的地方。这人猿努力模仿人类，是想寻找出路，它不敢奢求自由；它的“出路”，不过是马戏班而已。

西：否则就屈在动物园更窄小的笼子里。

何：它知道，人类也不见得是自由的。不，人类自己其实也苦于追索，苦无出路。

小说写于20世纪初(1917年),据说在这之前,1909年,美国的心理学家Lightner Witmer曾宣称他找到了人类从猿到人进化过程中“失去的链环”(missing link):他找来一只马戏团的黑猩猩,认为经过他的训练,变得会读会写,甚至还会辨别若干单词。它就叫彼得。当年曾大肆宣传,《纽约时报》曾有专文报道。Witmer是心理治疗之父,如今心理治疗之能引入社区、学校,他大有功劳。当年的表演,大胆有余,却受同行的冷对,并没有什么回响。有人认为卡夫卡的小说利用了这个材料,倒过来,从人猿的视角,叙述自己变化的心路历程。

西:小说开始就写明是人猿,英译是Ape,中译是人猿。

何:我查过德文原文是Affe,那是猴子,也可以泛指人猿,不过严格而言,人猿德文另有一个词:Menschenaffe。不过整篇小说,写它很会学人,抽烟、喝啤酒,是类人猿中的黑猩猩而多于猴子,在马戏班里扮这扮那的,是黑猩猩,英译者也不是全无理由。

西:如果是人猿,卡夫卡其中一句是有问题的,试看下面这一句:“我生平第一次发觉自己没有了出路;至少是没有简捷的出路。紧贴在我面前的是那个柜子,一块块木板紧紧地接在一起。的确,木板间有一条缝,我刚发现的时候还天真得狂喜地大吼了一声呢,可是那条裂缝小得连尾巴也塞不进去,不论人猿有多少力气也休想把它撑大一些。”亚里士多德已经告诉我们,Ape人猿,是没有尾巴的,猴子monkey才有。直布罗陀的猕猴没有尾巴,则是例外。当然,尾巴也有长短,有些已经近乎退化。人猿较接近人类,粗略地分,有四种大猿:非洲的黑猩猩(Chimpanzee);倭黑猩猩(Bonobo);大猩猩(Gorilla);以及红毛猩猩(Orangutan)。另外还有一种小猿(Lesser Ape),即长臂猿(Gibbon)。如果要细分,那么大猩猩也分三种:高地大猩猩、南方低地大猩猩、北方低地大猩猩。红毛猩猩也分婆罗洲和苏门答腊两种。至于长臂猿,有十六种之多。我试列了一个灵长目的大表,参考了一些西方和中国大陆的资料,可以看看。据国际自然保护联盟(IUCN:International Union for Conservation of Nature)会2007年公布的红色濒危动物名单,其中低地大猩猩及渡河大猩猩(西部一个分支)从“濒危”沦为“高危”;苏门答腊红毛猩猩也属“高危”;婆罗门红毛猩猩、倭黑猩猩则为“濒危”。

黑猩猩和倭黑猩猩的分别是倭黑猩猩身形较瘦小,最特别是头毛中间分界。猿

黑猩猩（新加坡动物园）

类按照大分，三种生活在非洲，两种在亚洲。欧洲和美洲都没有。其中黑猩猩和倭黑猩猩跟我们的基因最接近，达 98.6%，大猩猩是 97.7%，红毛猩猩是 96.4%。其他就距离越来越远，卷尾猴是 84%，夜猴是 58%。从基因的角度看，猿和猴的分别，可能远大于人和猿的分别。接近人类，是祸还是福呢？科学家研究病毒、探索太空，早年老喜欢找黑猩猩。

卡夫卡笔下有许多动物，都是寓言性的，是想象、虚构，借题发挥。

何：借人猿的观点来反思人类自己，又能为受虐的动物发声，一百年前能够这样设想，值得喝彩。不过英译落实成人猿，就很尴尬，因为这报告是写给科学家看的，很有挑战的意味，当你要质疑科学文明对人类以至其他动物的伤害，就不要露出误解科学的破绽。它模仿人的种种，自然是黑猩猩等猿类最适合，最优为之，可这么一来，它不应该加添尾巴。

西：我们提及猿猴，作为泛称，可以接受，卡夫卡这个小说，即使有瑕疵，也瑕不掩瑜。当人类用它们做实验，把它们送上太空，是否也要听听它们的感受？是它们没有感受吗？不过卡夫卡这个会模仿人类行为的灵长目，今天就要弄清楚。

何：卡夫卡的时代，人类学、动物学等知识有限，这是一方面；另一方面，他写人变成甲虫，变这变那，着眼是人，写人的异化，动物的具体生态、习性，不是他的关心。如今写一只猿异化为人，出路如何？不过是像人那样抽烟、喝酒，在戏班里演出，它并不喜欢，它的困境是：只变成半人半猿、非人非猿。这也许就是当年犹太人作为弱势社群，面对同化的困境。

西：说是猿的悲哀，不如说是人的悲哀，人居然喜欢看这种表演，于是也等于鼓励这种表演，供和求互为因果。我不喜欢看马戏，近年尤其深恶痛绝。一百年前，猿和猴的区分，并不严格，但时至今天，你以为这已经是人类普及的知识么？即使动物的科普书都这样说了，但我看不见得。

何：不见得。这许多年来，一般人对猿和猴的认识不见得有太大的进步。这小说近年（2009年）改成英语话剧，在伦敦上演，叫 *Kafka's Monkey*，由 Kathryn Hunter 一人演出，独白一个小时，好像颇获好评。它并不叫 *Kafka's Ape*。早几年，一位韩国演员朱虎声同样把这小说改成独幕话剧《猿猴彼得的完美生活》，在北京上演，这就猿猴不分了。近年有些讨论卡夫卡这小说的文字，也仍然把两者混同，不必举例了。

西：爱伦·坡（Edgar Allan Poe, 1809–1849），不是也有一篇侦探小说，凶手是红毛猩猩？

何：那是《莫格街凶杀案》(*The Murders in the Rue Morgue*)，写于1841年，可说是侦探小说这类型的祖师。命案发生在巴黎莫格街一所公寓里，一天，住客听到四楼上尖叫声，上楼观看，只见母女被杀，一个被刀割破喉咙，一个被倒栽葱地塞进烟囱，但不见凶手，而窗户都是紧闭的。这些住客，有不同的国籍，向侦探作证时，对声音有不同的解读，一个荷兰人认为是法语，一个英国人认定是德语，再另一个……好一座巴别塔式的公寓，但其实都是他们听不懂的语言，这也许就是爱伦·坡要把场景搬到巴黎，而不是当年美国的用心吧。如今读来，前幅好几段关于心智分析的议论，然后故布疑阵，再抽丝剥茧，显然不是坡的杰作。但他塑造了一个善于推理的法国侦探杜宾，开了这种小说的先河，凶手原来是一只红毛猩猩，来自婆

克拉克《莫格街凶杀案》配图

比亚兹莱《莫格街凶杀案》配图

罗洲；那些声音，人语之外，其实夹杂的是猩猩语。

西：成年的红毛猩猩，力气是人类的五倍，我在婆罗洲的保育中心看过工作人员扔给一只红毛猩猩一个榴莲，它接过来，用手一撕就掰开了，好像毫不费力。红毛猩猩当然可以杀人，但这种吃素的巨猿，跟大猩猩一样温和，绝少发生伤人事件，在婆罗洲，在苏门答腊，只有人类为捕猎小红毛猩猩贩卖而杀死红毛猩猩妈妈的事件。红毛猩猩真要杀人，不必用剃刀。小说两三次指出红毛猩猩"性情凶残"，这是很大的误解。在极端的情况下，它会变得很"凶残"，但那是"性情大变"的结果。

再写它被水手偷运来到巴黎，走脱了，误闯人家，为了解说它有杀人的"动机"，于是写它因为模仿人类理发师的动作，向老太太挥动剃刀，老太太不断挣扎，它盛怒之下杀了人，再掐死女孩，把她硬塞进烟囱的管道。事后还可以在巴黎的楼房之间逃去无踪，这是它陌生的巴黎，而不是热带雨林的婆罗洲或者苏门答腊呵，这是推理小说好歹要解释的地方，却没有。

现实人生比小说离奇，因为人生就是如此这般，不用说服你，小说，尤其是这种推理小说，却必须花心思说服读者。

何：大侦探的理推得越细致，越振振有词，往往越不可信。人生其实充满偶然、机遇、即兴，这样那样的不可理喻，像万花筒，一点不同就变出无数的差异。并不是一个个逻辑的理性。当年著名插图家比亚兹莱(Aubrey Vincent Beardsley, 1872–1898) 和哈利 · 克拉克(Harry Clarke, 1889–1931) 曾先后替爱伦·坡的小说配图，前者是新艺术 (Art Nouveau) 早夭的天才，只活了二十六岁，对装饰艺术有深远的影响，却为红毛猩猩加添一条

《拉奥孔》

长长的尾巴，肯定犯了卡夫卡可能没有犯的错。克拉克呢，画得充满邪恶，很有鬼魅的味道；他把红毛猩猩画成恐怖的怪物。克拉克的画，令人想起文艺复兴时期威尼斯提香 (Titian) 的一幅木刻 (1540–1545)，那是大小三只人猿被蛇缠绕。

西：那是古典群雕拉奥孔 (*The Laocoon and his Sons*) 的改画、漫画化，把拉奥孔变成人猿，分别是拉奥孔父子三个是受害者，克拉克画的却是杀手。

何：他们显然都没有见过红毛猩猩，或者只凭个别的照片，却表现这样的形象。

西：吉卜林 (Rudyard Kipling) 呢？他的《森林书》有写猴子吗？

何：吉卜林的《森林书》(*The Jungle Book*) 写一个狼孩，一个由母狼养大的男孩。由野兽带大，或者与人类隔绝的孩子，叫 Feral Child，例如传说建造罗马的两兄弟，就是狼孩……

西：记得杜鲁福（Francois Truffacct，即弗朗索瓦·特吕弗——编者注）也拍过一部《野孩子》(*L'Enfant Sauvage*，1970)，据说改编自 19 世纪初法国一位野外孩子的经历。杜鲁福自己演医生，用了写实的手法。

何：赫尔佐格（Werner Herzog）也有一部《贾斯伯·荷西之谜》，英文叫 *The Enigma of Kaspar Hauser*，同样来自真实的个案，都是非常好的电影，这些孩子，让他们回到人类社会，重新学习人类的生活，谈何容易。

西：吉卜林长期生活在印度，印度有许多猴子，猕猴、长尾叶猴，他有写这些猴子吗？

何：《森林书》出版于1895年，背景在印度的村庄，他写印度森林的动物都有根有据，如狼、虎、豹、猴、蛇。这孩子叫毛格利(Mawghi)，写他在狼群里长大，获得母狼的宠爱，朋友是熊，是象，是大蛇；大熊是他的老师，教他学会森林的种种法则。故事的重心是他在群兽里的成长，那里有朋友，也有敌人，例如老虎，追随老虎的豺。他一度回到人类社会，后来因误会而被逐。他最终还是回到人群去。当然有猴子，吉卜林写一群猴子，却是歹角，聚居在一个荒废的城堡里，它们把少年毛格利绑架，要熊、蛇合力把他抢救回来。猴子绑架人，格列佛先生早已领教过。猴子只是配角，绑架也只是插曲。单就叙事的能力来说，吉卜林很了不起，作为成长小说，也是很不错的作品。但也许是题外话吧，不见得印度人都会同意他当年应得诺贝尔文学奖，何况，1907年托尔斯泰仍然在世。

西：还没有翻译吧？不过印度人对猴子就不是这样看，猕猴很聪明，人会认为它们狡狯，会偷、会抢人的东西，像香港"马骝山"的猕猴，我们说过，这方面在文艺复兴，曾是民间流行的雕刻、绘画题材。但在印度，它们是受到优待，获得尊重的。最近印度举行英联邦运动会，要出动长尾叶猴来驱赶猕猴，长尾叶猴体形较猕猴高大，在印度，更被当是"神猴"，地位崇高，据说那是《西游记》美猴王的原型。吉卜林在印度成长，可并没有尝试进入印度人的视角。

何：他的读者主要是鼓吹殖民的高尚白人。记得二十多年前我重返大学教育学院修读英国文学，有一位来自印度的同学，我们两个，加上另一个，是数十人里仅有的三个男生，所以经常走在一起，印度同学并不欣赏福斯特(E. M. Foster)，加倍讨厌吉卜林，他说那是殖民主义者的调调，一次因为在堂上讨论福斯特的《印度之旅》(*A Passage to India*)，也提及吉卜林这位英国大家，他和英国的教授吵起来，各持己见。各持己见，不是很好吗？可是那洋教授不知好歹，居然问起我的意见，我说我不懂印度，也不能响应吉卜林什么"The White Man's Burden"（白人的担子），不过根据奈保尔(V. S. Naipaul)……英国教授气得面红耳热，几乎要把我两个轰出课堂。

西：你这猴子。

何：奈保尔说了什么呢？他说吉卜林只是为俱乐部那些殖民主义、种族歧视的

 英国白人写作，他比任何英国作家更赤裸裸地表露这种价值观。

西：吉卜林写狼童成长的故事，仍然会有人看，其他的，就经不起考验了，就像笛福（Daniel Defoe）的《鲁宾逊漂流记》(*Robinson Crusoe*)，鲁宾逊后来漂流到了中国的部分，从侵华的视角着眼，连英国人也会觉得尴尬，这部份就再没有市场。

何：有时猴子真不能说真话。1946年，苏联的左琴科写了一个短篇，叫《猴子奇遇记》，写战争时炸弹落在动物园里，一只猴子逃了出来，它四处蹓跶，遇到各种人物：司机、学童、想把它卖钱的残废人，它被带到澡堂，跟人洗了一次澡；到了合作社商店，看见许多人排队，然后被一大群人追捕，后面是一只狗。最后，学童收留了它，教它人的礼貌，怎样吃喝。它变乖了。左琴科收结说：所有学生都应该向学习，甚至有些大人也要模仿它才好。如果说这小说通过猴子的遭遇，暴露了苏联社会的若干阴暗面，毕竟笔调轻松、幽默，讽刺其实轻描淡写，并不放肆，今天看来，没有什么大不了，当时却被领导日丹诺夫点名严厉批判，不多久被逐出作协，从此搁笔。

西：小说没有太大的惊喜，小说家却遇上这样的厄运，他不过“自由行”了一阵。你提到赫胥黎（Aldous Huxley）一个意念很特别的小说。

何：人是否从猿猴发展出来是一个问题，赫胥黎的长篇《长夏之后》(*After Many a Summer*，1939年)，书名大抵太隐晦，美国版加添为*After Many a Summer Dies the Swan*，原来是丁尼生（Alfred Tennyson）的诗句。小说把这个想法颠倒过来。写一位加州荷里活富豪，年过六十，渴望长寿，聘请生物学博士一方面照顾他的健康，另一方面为他研究不老之术，用鲤鱼、老鼠、鳄鱼等做实验。这位大亨，人叫他祖叔叔，白手起家，粗野不文，却附庸风雅，豪宅里摆满维美尔（Vermeer）等名画、雕塑，还收购了大量的典籍，有一批18世纪英国Hauberk家族的历史文献，二十七箱之多，于是从英国请来一位文学、历史的专家替他整理。祖叔叔有一位年轻情妇，生物学博士有一位年轻助手，邻近又有一位教授。小说从英国文学专家应聘到加州展开，用的是第三身全知观点叙述，可时而融入文学专家的意识，不断穿插文学艺术、哲学的典故、议论，议论太多了。和猿有什么关系呢？

西：有什么关系？

何：富豪养了一些狒狒，但无关宏旨。特别的地方出现在收结。生物学博士寻找长生之术看来并无成果，反而文学专家在整理文献时，发现一位古尼斯特五世伯爵（Fifth Earl of Gonister）的笔记，似乎获得了长寿的秘诀，到了八十多岁还有三个私生子，最后出现时，大概已经很老很老了，还是因为这方面的丑闻，令群众沸腾扰攘。秘诀是什么呢？生吃鲤鱼的内脏。文学专家发现他经历法国大革命、拿破仑等等，似乎一直活着。小说收结时生物学博士和富豪到英国寻找他。找到了，这位伯爵已经有二百零一岁，可是他和他的女管家被后人锁闭在地下室里，已变成了人猿，外衣破烂，佩戴着蓝绶带勋章，随地便溺，哼出依稀是莫扎特的曲调。长生不死，并不等于不老。不死，会变成什么呢？猿。那是返祖。

这小说还包括生物学博士诱奸富豪的年轻情妇，富豪一怒之下误杀青年助手等情节。一个年轻的生命，被人用金钱疏通，平白地牺牲了；而那些老朽、堕落、没有尊严的呢，却在自私、谎言、互相包庇里，苟且求活。书名来自丁尼生的《提托诺斯》（*Tithonus*），原诗用了希腊神话的典故，宙斯应女神的要求，赐予她的情人提托诺斯长生不死，不死罢了，却不断老去，那比死还要惨，只有生命而没有生命力。后来宙斯把他变成蟀蟋，它到底可以歌唱。变成猿，长久鬼鬼祟祟地生活呢？你可以开始吃鱼的内脏，马上，生物学博士语带嘲讽地说。富豪呢，吞吞吐吐，其实是愿意的。

近年戏剧、小说里的猿猴

何：左琴科的一只猴子因祸得福，从牢笼里出来，浅尝一下自由的乐趣，谁知闯上了大祸。可见集体主义曾有过一段多么可怕、监牢似的日子。但猿猴，在西方固然是不好的东西，在前后殖民时期，又总离不开非洲、黑人的想象。圣卢西亚的诺奖得主德里克·沃尔科特（Derek Walcott）在1967年有一个剧作：《猴山梦》（*Dream on Monkey Mountain*），表现西印度群岛黑人在后殖民时期的困境。

西：说说这个戏剧吧，恐怕没有太多人看过。

何：我尝试说说，这个戏剧用了象征、隐喻的方式，不易看，也有不同的解读。剧分两部分，序幕从监牢开展，主角 Makak 是一个黑人，六十岁，住在猴山上，以售煤为生，被关到监牢，罪名是煽动群众搞破坏，自称是非洲帝王的直裔。他看来疯疯颠颠。剧中其实并没有真正的猿猴，猿猴是对这些黑人的贬称，Makak 这个名字，据说就是 Monkey；监牢呢，就当成动物园。同时坐牢的还有两个偷窃犯，也被警卫长称之为猩猩。警卫长的身份比较复杂，是一个黑白混血儿，为白人政府效劳，就辱骂他们是野兽，是“猿”。

然后是第一幕，倒叙 Makak 何以入狱。原来他对朋友自述看到异象，听到一种声音，告诉他他是狮子及帝王的后裔。暧昧的是，召唤来自一个戴上白人脸谱的女子。他这位朋友 Moustique 是个跛子，合作采煤、售卖，每个周末到市集去。但这一次他听到奇异的声音，有了一个梦想，要回到非洲去。非洲在哪里？在大海的彼岸。到了非洲又如何？到时上帝自有分晓。跛子可现实得多，只关心肚子问题。他们从猴山下来，Makak 把驴当马，竹杆作矛枪，就像堂吉诃德。

第二幕，途中，有人被蛇咬伤，谁都治不好，看来要死了。Moustique 为了乞求食物，骗他们说 Makak 能治病。果然，Makak 手握煤块，念念有词，病人居然好起来了。那些人又提供食物，又给钱，Moustique 于是想到一个发财大计，索性渲染 Makak 是上帝的使者。

第三幕，场景在十字路口的市集，正在罢市。警卫长和视察员到来巡视。市集里流传 Makak 种种神迹，越说越奇。警卫长对这现象，对视察员这样总结：历史总是这样重复，某个文盲疯子，会背几句经文，有一天忽然受够了苦，自称看见异象，于是从山上下来，走进人群里，给他们希望、奇迹、天堂，流血是这样引起的，他唯有拔枪镇压。

然后，Moustique 因为冒充 Makak 骗钱而被一路紧随的死神揭穿，被群众打死。警卫长却袖手旁观。第一部分大概是这样。

西：第二部分？

何：第一幕，回到狱中去，好像回到原先的时间。警卫长送饭，就像喂饲猿猴。Makak 请求释放，表示可以把收藏起来的钱……两个惯匪听了，开始打他的主意。其中一个怂恿他逃狱。他刺伤了警卫长，三个人逃了出去。

第二幕，他们走到猴山下的森林，Makak 一路活在幻象里，要如何如何过海，回到非洲。警卫长也追捕到来，他受了伤，却变成另一个人：自己讨厌的另一半。他把衣服脱去，好像摆脱了所谓“白人的担子”，更加激进。后来，警卫长把其中一个逃犯杀死了，更鼓动 Makak 前进，虽然，并不知道前进到哪里去。

第三幕，Makak 被奉为神，妻妾成群，受大批酋长、战士簇拥。警卫长这次又成为法律的捍卫者，不过转向另一个极端；他读出一大串罪犯的名字：亚里士多德、林肯、莎士比亚、伽利略……罪名是：因为是白人。吊死他们，族人大叫。忽然，另一个原本死去的骗徒 Moustique 上场，质疑这难道就是 Makak 下山的初衷？"你如今更像一只人猿、一个傀儡。"

尾声，又回到监牢去，三个人在牢中，谁也没有死去。警卫长重新为 Makak 登记，这次他会说出自己的名字了。他的罪名是醉酒闹事，辱骂视察员。在牢中待一晚，可以释放。Moustique 来接他，解释每当月圆，他就变得疯疯颠颠。他们回到猴山去了。戏就这样落幕。

其间发生的种种，只是 Makak 的梦么？黑人的非洲梦，一直埋藏在灵魂深处，一受逗引，就作祟了？不过这梦，落实民间，会被如此这般不同地理解、利用，产生各种效果。这戏剧有舞蹈、歌唱，运用面谱，是一首戏剧的长诗。

西：一部反映西印度群岛，以至其他非洲各地后殖时期的政治寓言。

何：那是不同文化的冲击，既互相排斥，又彼此融化，但谁也不能没有谁，这也是诗人沃尔科特（Walcott）的文化背景。剧里没有提供问题的答案，也许就是不要唯一的、一刀切的答案：资本主义式的、社会主义式的，全白的，或者全黑的答案。我想，被称做猿，当然是侮辱性的，但他们不见得太介意，如果猿是所有人的远祖，一如不用否定自己的肤色，就面对它，重要的是要能挺直脊梁，堂正地行走，好歹走出一条路来。

何：博尔赫斯的《想象的动物》（*The Book of Imagine Beings*）里也收有两则猴子。

西：一则是狐猴 Lemures，这是邪恶的鬼魂，既欺吓善人，又向坏人、渎神的人作祟。Lemures 拉丁名的意思就是幽灵，有趣的是，狐猴其实很喜欢日光浴，往往在日照下坐定，摊开双手。博尔赫斯没有提醒我们，歌德的《浮士德》(*Fanst*)，收结时埋葬浮士德的，正是一群狐猴。另一则没有点明是什么猴子，也很有趣，嗜喝墨汁；它会在人书写时，在一旁气定神闲地等待，人一写完，它就饮下剩余的墨汁，之后安静而满足。博尔赫斯引自 1791 年的"Wang Tai-Hai"。杨耐冬先生译为王台海。"王台海"是谁？

何：那是清代，不知道，对不起。

西：这是王先生的想象，抑或是博尔赫斯的想象？

何：英国的伊恩·麦克尤恩（Ian McEvan）早期（1978年）写过个短篇《一只豢养猿的思考》（*The Refections of a Kept Ape*），收在《床第之间》（*In Between the Sheets*），通过一只被养起来的猿叙述，写一位年轻女作家写了一本书，之后无以为继，因此苦恼不堪。她的书很畅销，但不获好评。她知道不能重复自己。她学大师巴尔扎克那样，以为喝咖啡什么的，可以带来灵感。她养了一只猿，也许能给她一点冲击吧，谁知道呢？结果她们发生性爱，像夫妇那样生活了八天。然后，她对它爱理不理，变得沉默，仍然写不出什么。它养在屋里，可以随意走动，不过睡在阁楼。它曾趁女主人外出，偷看她的打字。原来她每天不过在重打第一本书。她的小说，写一个女子和丈夫，苦于生不出孩子，她自己和猿呢，也不可能生出孩子，它对她的写作，看来爱莫能助。

卡夫卡的猿没有“出路”，它和她其实也没有，但那是它的选择。它一度以为自己可以成为这女作家的丈夫，像一个丈夫那样修理住屋。它也想走出去，回到树林，去过独立自主的生活，但马上就想到那种生活不会比之前的好过。一只猿，要寻求人类的感情生活，落空了；到头来它好歹“思考”了一个短篇。人呢，却渴想产生什么、创新什么，结果是不断重复，自我模仿。两者好像交换了身份。同样由猿的第一身叙述，但卡夫卡是从动物的权益思考，那是人忽略的角度，那是为被剥削者代言。麦克尤恩的呢，那是个别的、一种一厢情愿的异类恋，如果那是借猿来思考创作，那么猿仍是受剥削的工具，它为此连自由也放弃了。

西：是什么猿，很暧昧，但女作家两年多写不出东西，于是说它也不足两岁半，这个年龄，无论大猩猩、黑猩猩、倭黑猩猩，还都是幼孩，猿类比其他猴子要有较长的哺育期，一般要到四岁才断奶，到七八岁才开始性成熟，许多七八岁仍然跟着母亲，学习技能，和弟妹争食。可是到了那年岁，像长大的狮子老虎，又有危险了。小说当然是虚构的，但要有内在的逻辑，何况麦克尤恩的写法，并不是一种天马行空的风格，这两岁半的孩子，思考得很有理路，很世故，更会引经据典，提及叶慈（W. B. Yeats）、斯特恩（Sterne）、会引诗句……

何：多恩（John Donne）玄妙的《狂喜》（*The Ecstacy*），大概说：看见形象在彼此的眼里，关系才开始，还没有孩子。这猿，未免故弄玄虚。

西：这是麦克尤恩早期的作品，他最后的成就如何，不能妄下总结。

何：一篇不成功的作品，当然不等于就不可以成为成功的作家。但这类人猿恋爱的题材，很缺乏新意。

西：另一位年轻作家汉娜·亭蒂 (Hannah Tinti) 的短篇《华德隆小姐红疣猴》(*Miss Waldron's Red Colobus*) 比较起来，要天马行空得多。借绝灭了的华德隆小姐红疣猴 (Piliocolobus badius waldroni)，想象一个名叫华德隆的女子种种反叛的行径，反抗极权的父亲、修道院、专制的精修学校，还有那两个由父亲派遣一直监察她的私家侦探，那两双无所不在的窥探的眼睛。她最后失踪了，跟一个救了她的奴隶，像红疣猴，在树林里消失了踪影。那些到非洲研究猴子的科学家，把猴子打死了，然后解剖。红疣猴就是这样绝灭了的。较早前的所谓科学研究，不是在屠杀猿猴吗？

何：她一直有一种难驯的野性，压抑越大，反抗越大，行径也好像越怪，她和军校学生胡混，和意大利女子结交，和白人猎手的爱情，等等，都放浪不羁，其实是引人注意，孤寂，想人关心，寻求父亲的温爱。她看来并非不知道其他人奇异的目光，包括那两个向父亲通风报讯的狗仔队。她故意这样。小说没写她的母亲，大概离开了。父亲怎样形容她呢？说她“下贱”；说她是“猴孩”，这和中国家长、印度家长薄斥自己的孩子，含义有别。她小时一次逃学，原来是和狐猴家族住在一起。并且，这父亲粗暴地踢了她一脚，成为她身心最大的创伤。

这小说最妙的是她跟随猎手、科学家到非洲捕猎猴子时出现了一个奴隶，在非洲森林里打点一切，又是向导。他其实也像猴子，很会爬树，在树上搭挂吊床。她就学他爬树，睡吊床。另一面，她自己何尝不是奴隶？有时为了反抗某种威权而做出种种近乎病态的怪行，也是一种情意结，一种不断发作的噩梦，她终于从这种囚禁里解放出来，最后像红疣猴那样消失了，不是绝灭，而是自由了。红疣猴真的绝灭了吗？小说的后记留了一笔：在人类追踪、窥探的目光里失去影踪罢了。

西：小说写得很有神采，从她赏修道院的修女一巴掌写起，充满趣味、俏皮，令人想起卡尔维诺，有人会以为那是“轻”的文学，不是的，那是手法而已；写得艰深，未必就等于“重”。关于华德隆小姐红疣猴，我还想多说几句。

何：最好。

华德隆小姐红疣猴标本（日本九山猿猴公园）

西：疣猴（Colobus）是总称，有十八种之多。1936 年，由 Willoughby P. Lowe 在非洲发现，即小说里的猎手的姓氏，他是英国博物馆的搜集员，华德隆小姐也是博物馆的职员，他此行的同伴，他就以她命名。此人打死了八个华德隆小姐，所以在小说里她不可能和他在一起。1978 年后再没有人见过这种猴子。2000 年宣告绝迹。但其后偶见影迹，可能仍有少量幸存。红疣猴是很漂亮的猴子，它有两大天敌：黑猩猩、人。黑猩猩的星期美点，就是疣猴，珍·古德（Jane Goodall）有过细致的报道。此外，疣猴好奇、不大怕人，二十只左右聚居，许多时因此被捕杀，也为土人当肉食。

何：无论质和量，村上春村的《夜之蜘蛛猴》(1995) 就很轻了，夜间一只蜘蛛猴来访，他说一句，蜘蛛猴学一句，真是“模仿狂”，有趣的小品。

西：西方人早期对猿猴的印象并不好，近五十年，我们对猿猴的认识，要拜许多人类学家、动物学家的研究所赐，在此之前，我们的认识，很浮泛，很多偏见、误解。但即使到了20世纪，在流行文化、流行小说、电影、漫画里，猿猴的形象也仍然不好，充满偏见、误解。

何：与猿猴有关，或根本就以猿做主角而成不同的icon的，是泰山、King Kong、人猿星球……卡夫卡的小说是猿改造为人，结果成为不伦不类的半猿半人，另一个在西方曾流行一时的人物形象，却是从半人半猿，改造成人，那是泰山。

西：书我没看过，电影看过一两部吧。

何：电影从1930年代默片开始，拍了许多年，成为一个icon，看来因为技术改进，到了若干时候，又会翻拍。

西：先有小说？

何：是先有小说，巴勒斯（Edgar Rice Burroughs，1875–1950）的泰山小说前后写了二十六部，第一部畅销，就成为一系列，甚至成为一个企业，电影、漫画，各种商品。小说，我只看过第一本，叫《人猿泰山》（*Tarzan of the Apes*）。

西：也可以谈谈。

何：小说先在流行杂志上刊登，1914年成书，不多久开拍电影，单是默片也有八部，第一部有声片拍于1932年，开始了泰山有名的吼叫，由奥运金牌选手主演，成为最有名的泰山。早期的泰山电影，巴勒斯一直有参与。

西：小说好看吗？

何：猎奇、炮制刺激的情节。但我不能说它没有好处，不，珍·古德在自传里说自己少时读了《人猿泰山》的系列，才想到要去非洲。她说很羡慕泰山的女友珍。她也叫珍。这故事的意念也许来自吉卜林，泰山也是一个野孩子，父母流落荒岛，先后死去，他由母猿养大，跟母猿的丈夫关系很恶劣，后来还把它杀了。大了遇到其他人类，产生身份、文化追寻、冲突的问题。

在小说里，巴勒斯花了好些篇幅写泰山在猿群里的生活，他当自己是猿类，比较有意思的是，当他第一次在溪水里看见自己的倒影，觉得很丑，因为跟其他人猿不同。后来他在父母遗留下来的屋子里，发现一些书本，几年下来，居然学会阅读、书写，而且写得出漂亮的英文。这是流行小说的通病：简化。所有的 Feral children 都有学习的、与人沟通的障碍，泰山绝对是天才中的天才，他只是还不会讲，就像武侠小说里，主人翁坠落绝世深谷，看到洞壁的绘图，就学会了绝世武功。

西：电影里是珍教他，还借助肢体语言：Tarzan，Jane，Jane，Tarzan，你、我。

何：小说不同，那是一位法国军官教他的，学的是法语，这法国人还替他查出贵族的身世。泰山通过自学认字读书，好像一只人猿，食了禁果，开始自觉是人而不是猿，开始身份的追寻，找自己的同类。

西：养大他的、他生活的猿群，是什么猿？

何：并不清晰。不会是红毛猩猩，因为故事发生在非洲，也不会是大猩猩，因为书中另有提及，大猩猩 Gorilla 也并不吃肉，只偶然吃一点昆虫。他生活的猿群，暴戾、嗜血、仇杀、争权，不单吃果疏，更喜欢吃肉，泰山是在这么一种恶劣的环境长大，为了生存，他也真像野兽，他经常躲在树上，像罗宾汉那样，用偷回来的毒箭射杀土人，并不光彩，可以借用吉卜林的形容，“half-devil and half-child”。那群猿类，应该是黑猩猩。可是黑猩猩只有百多磅重，书里写猿王，足有三四百磅，却是大猩猩的身型。

西：人猿里大型的红毛猩猩等也吃一点肉，如蚂蚁之类，以吸收蛋白质，但不会捕吃其他近亲。在野外，红毛猩猩大多独处，并不群居。只有黑猩猩才会集体布局捕杀其他的小猴子。电影里泰山不是带着一只很讨好的黑猩猩么？

何：那是电影的添加，这黑猩猩叫 Cheeta。据说这只猩猩明星很长寿，拍了许多电影电视，退休后一直养尊处优，学会许多人的习惯，喜欢翻杂志看电视，再不肯和其他猩猩相处。

西：成为卡夫卡笔下的人猿。

何：泰山的电影，大多一开始泰山就长大成了森林之王，避重就轻，然后是爱情故事，跟坏人，而不是坏动物对抗，其后还生了一个儿子，继续统治森林，这是早期荷里活电影取巧的地方。小说最初还会描写泰山成长的过程，写猿类的生活、争斗，也有母猿的爱，然后是识字，追寻身份；电影呢，是彻头彻尾的商品，有时还是差劣的商品。

《猿人袭地球》

西：卡通《泰山前传》系列，回到泰山前期的生活，反而比较有趣。20世纪60年代的 *The Planet of the Apes*，港译《猿人袭地球》，奇怪何以不是人猿，仍以为人当家作主？到蒂姆·伯顿(Tim Burton)的重拍，不是利用了愈来愈好的技术么？

何：看电视我有时会转去 Classic Movies，重看我少年时代看过或者未看的电影，我发觉好片，重拍大多都不行，只有依靠技术的，当年惊喜，却再看不下去，所以可以不断翻拍。换言之，只依靠技术的东西，并不持久。

西：这类翻拍也不一定成功，蒂姆·伯顿的重拍就不好看。英文名照旧，港译变成了《猿人争霸战》。

何：猿人电影系列最早一部由主演《十诫》的查尔登·希士顿（Charlton Heston）担纲，拍于1967年，也是改编自小说，法国的 Pierre Boulle 的科幻小说 *Planet of the Apes*，我翻了好几节，还是电影好看得多，尤其是第一部。因为叫座，其实当年也颇叫好，其后每年再拍续集，拍了五集，又成为电视系列。第一部讲几位太空人飞行了许多许多年，坠落在一个不知名的星球上，当时是公元三千多年，看见一群蓬头垢面的人类，都不会说话，吃的是生果，不久，一群人猿到来，把他们当猎物那样捕捉了。原来这星球，由猿掌管，人，反而最低等，成为奴隶，或者

 科学的试验品，被关在笼里；不会写读，不会说话，被认为没有理性。那是一个“颠倒了的文明”。电影呈现的猿，分三类，红毛猩猩是领袖、政客、宗教家，一身红衣。黑猩猩则是知识阶层：心理学家、考古家。大猩猩则扮演战士、警卫。

西：当年取得奥斯卡化妆奖；我只是觉得政客这阶层，应该属于黑猩猩。当然，1960年代，珍·古德、日本的动物学家才开始在非洲的考察。

何：查尔登·希士顿因为颈部受伤，一时不能说话，到他好了，第一句话，很有名：“放开你抓住我的臭爪，你这死脏猿（Take your stinking paws off me, you damn dirty ape）！”但电影一再强调：脏臭的，其实是人类。他要出席听证会，证明自己会说话，能思考，是“进化了的动物”，不比人猿低等，甚至比人猿更文明。一对人猿知识分子愿意帮助他，相信人是远古的文明，但受制于政客。女的仍然勇敢坚持寻找真相，男的却畏首畏尾，害怕被当政者指斥妖言惑众。1967年的世局，引人遐思。

西：其中一场他教一个女子说话，还开了泰山的玩笑：我，泰山，你，简。

何：进化的程序，原来执政的猩猩老早知道，但为了愚民，把真相掩藏。听证会，做秀而已。不过，那可是人类自作孽，把世界搞垮，弄烂，最后才被人猿取代。电影的布景比较原始，据说最初想超前一些，限于经费，改成落后、村庄的社会。

西：这反而切合题旨，文明烂到了尽头，由人猿从荒野重新再来。

何：是的，希士顿后来逃出人猿之城，去到城外的禁区，他发现什么呢？他的“命运”：海边倾颓的自由神像，原来这就是地球，公元三千多年的地球。当年，这收结一定很震撼。这电影于是也可以解说成为一则寓言，可以有不同的解释，甚至触动当年的种族议题。而且，由一直扮演宗教英雄的希士顿做主角，也多一层想象。

西：猿对待人，其实是以其人之道还治其人，是人破坏自然，虐杀其他动物的反抗。但猿始终是人的噩梦。其他几集呢？

何：成绩不如。据说新一部 *Rise of the Planet of the Apes* 马上又要公映了。

美女杀死野兽

西：以人猿做主角的电影，最深入人心的，应该是《金刚》。

何：第一部摄于1933年，是先有意念，在拍摄期间写成小说促销；跟泰山一样，成为系列，跨媒体的企业，甚至跨国，日本人还借来跟他们的icon哥斯拉（Godzilla）作战，日本版的哥斯拉胜了，美国版的则让给金刚。

西：我看过1986年和2005年的《金刚》，1986年的很糟，2005年的，由《魔戒》的导演执导，无论化妆、特技，可说鬼斧神工；虽然故事回到20世纪30年代，有些道具并不对。片长些，对那银背大猩猩，也有些较细致的表现。

何：它看来寂寞、忧伤。它不是骷髅岛上唯一的巨无霸，却是巨猿族最后的一只，它要和恐龙之类作战，脸上身上都是伤痕。

西：它会独自一个观看苍茫的落日，对着红霞出神。猩猩是会欣赏美的，这和过去的金刚不同；跟上一部那种人与猿情色的暗示也有别。

何：尽管是这样，问题从1933年第一部就没有解决：土人为什么要筑起高大的围墙，用女性给它当人祭？它仍是害人的巨兽。故事太熟悉了，不必再交代。

西：这是商业电影的悬疑，大错铸成，不单大猩猩被妖魔化，连荒岛上的土著也成为可怕的怪物。文明人不能久居。怪兽、异域之类既能吸引人的好奇，但同时是威胁。到这妖魔被带到文明的城市，如果不受人类约束，成为入侵者，就要射杀。飞机向它射击，它中了弹，奇怪并不溅血。我们知道大猩猩是素食的，并没有侵略性，有生人闯入它们的领土，是领袖，那只雄性的银背大猩猩就会站出来，双臂拍打自己的胸膛，吼叫：我不是好惹的。但别看它高大威猛，那只是装腔作势，只有家族真正受到攻击，才会反抗。

此外，大猩猩跟其他黑猩猩不同，族群由一只最壮健的雄性银背（Silverback）领导若干雌性，加上若干子女。族群里可能也有若干少年，但一旦七八岁成长，就会离开，或者变成守卫、副将。族群里的雌性如果不喜欢银背大猩猩，未尝不可以离开。黛安·弗西记述的好几个大猩猩族群，其中一只雌性因受不了新任银背的欺凌，和好几只幼猿离开，加入另一族群。问题在新族群是否愿意接纳它们而已。血缘紧密的，不大容易；松散的，就行。金刚要绑架人类女子，而且不让她离开，只能解释：这是一只寂寞的怪兽，在一个怪岛上。但对大猩猩的形象，造成很大的伤害。

想来重拍这类icon，技术改进是一回事，另一回事是人的集体记忆，骷髅岛上的土人、金刚的初次出现，无论你怎样经营，你又不得不经营，都不会令人心惊肉跳，除非你是新生代，对此一无所知，但不太可能，这故事说了又说，你明知道野

 兽不会把这个美女吃掉，它会到纽约去，被商家当作“世界第八奇迹”，它破坏一番，然后在高楼上被射杀，最后，有人会说：是美女杀死野兽。这才符合大众的期待。那乐趣，如果真有乐趣，其实是一种重认，于是你不敢改，不敢大改。你可以翻案，要重新塑造，但那是庞大的商业效益，你有勇气吗？ 有人敢投资吗？

何：一次成功之后，商家就变成猿猴，不断模仿、重复；当然还可以再发展，再借尸还魂。要重新塑造的话，何不像卡夫卡的小说，由金刚自述如何？

西：为大猩猩平反，怎么解释人祭问题？

何：一场误会罢了，尊贵而文明的白人尚且有这许多误解，何况是落后而未开化的土人？谁知道不是其中一个土人，曾经被当猩猩偷运到美国，无意中看到《金刚》电影中的VCD、DVD，带回这种流行文化？至于遇上所谓人间美女，这个嘛，可以重新告诉我们，猿猴另有自己的审美观。然后再讲他的美国游记，可以发挥的地方就更多了。这电影，不必大明星，因为主角是化了妆的大猩猩，较小本，再拼贴一些七八十年代前的旧有版本。试试找弗西为纪念保护家园而牺牲的大猩猩迪吉特而设的基金赞助？

西：收结呢？

何：开放式，Open Ending，或者，它攀上世贸双塔时，飞来的其实是拉登胁持的飞机。

西：大话西游。

何：彼此彼此。“9·11”后，美国有那么一幅漫画，画金刚攀在双塔楼上，击打来犯的飞机，文字写：“金刚，当我们需要你，你在哪里？”这杀手忽然又变成了保安，要承担失职之责。

瑞典流行乐队Abba有一首*King Kong Song*，歌词说自己晚上看了电视播的电影，生出一个怪念头，要写那么一首歌，让乐队合唱，听众一定会欢喜，人人都会唱出来；然后重复三次母题：

What a dreadful mighty killer
A big black wild gorilla

把大猩猩唱成“可怕而厉害的杀手”。Abba 一直有不少粉丝。另一队英国谐趣乐队 Goodies 在 20 世纪 70 年代有一首 *Funky Gibbon*，在电视演出，又歌又舞，当年甚受欢迎，其实歌词幼稚，同样误把长臂猿当猴子。不过，他们把部分赚得的钱捐出，赞助长臂猿的研究、保育，倒是补偿。

猿猴在西方的形象，也许要到 20 世纪 80 年代才逐渐改善。

西：从珍·古德 1960 年代到非洲野外观察黑猩猩，黛安·弗西描述大猩猩，以至德斯蒙德·莫里斯（Desmond Morris）、德瓦尔、韦利·史密斯（Willie Smits）等许许多多人的研究成果，通过科普、电视、演讲各种形式表现，猿猴，尤其是各种猿类的真相，才逐渐改变。

何：这是我们另一个话题。

西：我们不要把它们神化，可也不要把它们丑化。

帝髭獠狨

金白流苏耳狨

夜猴

新大陆猴

蛛猴

卷尾猴

僧面猴

秃猴

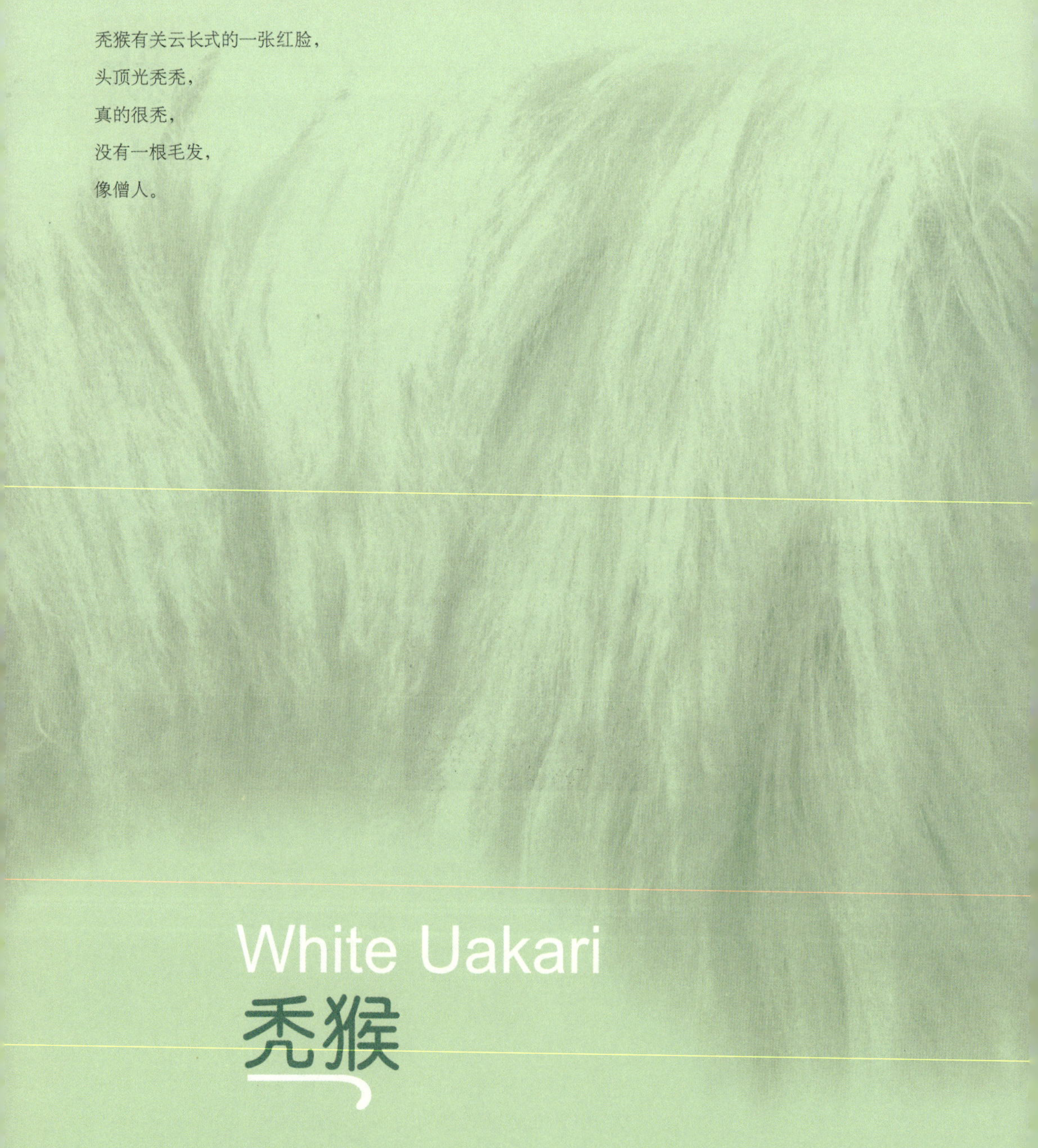

秃猴有关云长式的一张红脸，
头顶光秃秃，
真的很秃，
没有一根毛发，
像僧人。

White Uakari
秃猴

读拉丁美洲的小说总有许多令人意想不到的人物和事情。那里的猴子，原来同样叫人惊异。我们印象中猴子的模样，是《西游记》里的孙悟空。年幼时住在上海，街上每每遇到走江湖谋生的各式小贩和卖艺人。其中之一是耍猴戏的，很快围了人。耍的其实是一只猴子和一只狗。猴子十分乖巧，不得不乖巧，它会翻筋斗，骑狗，戴上不同面具，手持木棒扮齐天大圣。多年来，我在动物园中见到的大多是这类猴子，困在泥塑的猴山上。它们是猕猴，属于恒河猴。

在纪录片中见到秃猴 (White Uakari)，可真吃了一惊，这也是猴子？但的确是猴子，而且这的确是人类的界定，属于僧面猴亚科，灵长目，是人类的近亲。

秃猴有关云长式的一张红脸，头顶光秃秃，真的很秃，没有一根毛发，像僧人，可谁替它剃度的呢？它们从头顶到下巴，整张脸，全部皮包骨，皮层极薄，骨头显露，仿佛骷髅头。那些《星战》、《魔戒》之类电影，形象好像借自附猴，也该轮到秃猴了。还有脸色，秃猴会因情绪而变化深浅。长毛如同披风，都长到背脊去了。看来像大波斯猫，其实它蛮瘦的。尾巴很短，像河狸或鸭嘴兽，一受刺激，就不停振动。长尾有助平衡身体，秃猴没有这种优势，所以不擅跳跃，只靠手脚速行。它们的手指不如猿类，但比一般猴子灵活。它们隐居在亚马逊森林的黑水地带，长居密林深处的树冠上，那里的潮水侵浸森林十数米深，而且达半年之久。这安静的隐士更加不用下树了，所以不易被捕猎者发现。

秃猴有红毛、白毛之分。我缝了白毛，手帕大小的两幅毛料，披在身上，两侧下垂。看来一点也不像猴子。这是猴子？在我翻出它的照片前，朋友也这样问我，以为我用毛海写魔幻小说。

西西 绘

秃猴 （White uakari, Bald uakari）

目	灵长目 Primates
科	僧面猴科 Pitheciidae
属	秃猴属 *Cacajao*
种	白秃猴 *C. calvus*
学名	*Cacajao calvus* （I. Geoffroy, 1847）
栖息地	巴西、秘鲁、亚马逊雨林、黑水地带
保护状况	易危（VU）
体重	4公斤
体长	长54–57厘米；尾约15厘米
食物	种子、果实、花朵；昆虫，其他小猎物

白脸僧面猴看似笨重，
实则敏捷灵巧，
在树冠穿梭、生活，绝少下地，
像卡尔维诺笔下树上的男爵。

White-Faced Saki 僧面猴

白脸僧面猴（White-faced Saki）是拉丁美洲另一种长相奇异的猴子。它的脸是白色的，仿佛舞台上戴了面具的角色。公猴是这样，母猴的脸，则和体毛同样是灰褐色，只剩下两道窄狭的白泪痕。两性这样相异的模样，动物中只鸳鸯才有。

白脸僧面猴是秃猴的表亲，同属僧面猴亚科，也披挂了斗篷似的长毛，通体黑色，只露白脸，方正阔大，令许多恐怖设计都为之失色；有些脸面则是淡金黄色。它的模样更像肥胖蓬松的波斯猫，因为长了一条粗壮的狐狸尾巴，所以，它又叫僧面狐尾猴。

知道香港的动植物公园里有白脸僧面猴，我连忙跑去看。公园和往昔很不同，以前有黑豹、许多猕猴，现在却是濒绝动物的栖息所，尤其是猿猴，像红毛猩猩、长臂猿、环尾狐猴等。以前的动物园展览动物，大多从野外当罪犯那样捕来，那是猎奇；然后终身监禁。奇怪我们人类探监时会心情愉快。如今大抵改为保育、教育的角色，无疑是进步了，但除非已失去野外生存的能力，它们其实应该重获自由，放回原地去，回到它们的故乡，就像马来西亚婆罗洲的长鼻猴、红毛猩猩那样，先在地方辽阔的保育中心，最终回到森林。

白脸僧面猴看似笨重，实则敏捷灵巧，在树冠穿梭、生活，绝少下地，像卡尔维诺笔下树上的男爵。科学家把热带雨林分为三层：地面层、冠底层，以及树冠层。我曾走进东南亚的雨林去看世上最巨型的大王花，因为听说难得开花。愈入密林，愈难走，遍地是厚厚的腐烂的叶子和大树厚厚的板根，地面这一层，其实也不见得是人走的，四周是藤蔓的罗网，纵横生长，阴暗，不见天日，不久就迷了途，脚下又湿又滑，我手脚并用，真是进退两难。

冠底层是高大树木的中段，仰头看是另一番风景：特多攀登的藤蔓、中空的树洞、密集的绞杀榕、奇异的茎生花，等等。这时候想：要是自己是猴子就好了。然后是树冠层，那是乔树终于露天的地方。每一层都住着不同的动物。体态轻盈的在树冠层生活；重磅的，只能聚居在冠底层了。白脸僧面猴并不是庞然巨物，可以居高临下，享受无敌天景，然而，且慢高兴，一如其他在树冠生活的猴子，它们另有天敌：在天空窥伺的角雕。

我先缝了一只白脸公猴，后来又缝了一只雌猴。猴子依地理区分为两大类：一是旧大陆猴，包括非洲和亚洲；一是新大陆猴，即南美洲（就是所谓哥伦布发现的新大陆）。欧洲没有猴子，仅有的直布罗陀叟猴是非洲移民。两种猴子，最大的不同在鼻子，新大陆猴的鼻很宽阔，鼻孔朝向左右，旧大陆猴呢，鼻子狭窄垂直，鼻孔朝下。所以，我的白脸僧面猴，鼻孔缝错了。

黑白僧面猴(北京野生动物园)

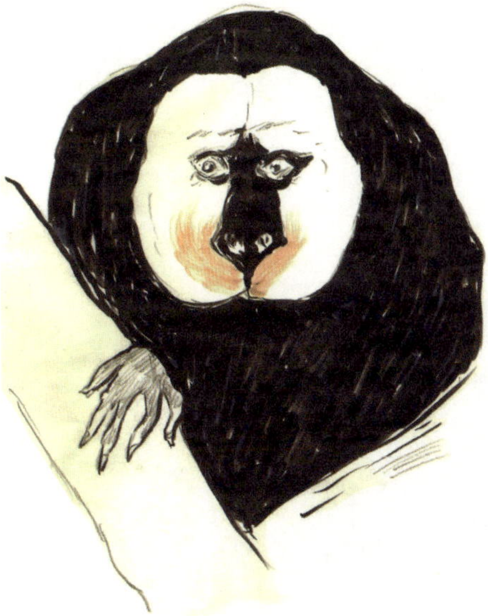

何福仁 绘

白脸僧面猴（White-faced Saki）

目	灵长目 Primates
科	僧面猴科 Pitheciidae
属	僧面猴属 *Pitbecia*
种	白脸僧面猴 *P. pitbecia*
学名	*Pithecia pithecia(Linnaeus,*1766)
栖息地	巴西、法属圭亚那、苏里南、委内瑞拉等地
保护状况	濒危（EN）
体重	0.7–2.5公斤
体长	33–35厘米；尾巴长约34–45厘米
食物	果实、蜜糖、花朵、昆虫
雌雄异色	雄性通体黑色，只有面部为白色；雌性棕色，眼下有两条白色条纹

它们学会开关电灯、捡物，
用遥控器，
用微波炉热食物，
还会打开冰箱取瓶，
旋开瓶盖，
再插入吸管。

Brown Capuchin
卷尾猴

每次上动物园，我一定去找卷尾猴，它们个子不大，但精灵，小小的眼睛骨碌碌地转，见到访客，有时会跑来欢迎，把手伸出铁栏的方洞。它们一定得过不少零食。亚洲最幸运的圈养卷尾猴，大概是生活在新加坡动物园的了，卷尾猴有自己的花园，有高高低低的草坡、花树，还有可以攀爬游走的树干；没有的是铁笼，而由河道隔离。我在河道的另一面观看，一只棕卷尾猴爬到树干的前端，朝我眨眼，怕我没有留意，就用手拍打树干，啪啪，啪啪，这里这里。向我索取好吃的么？

卷尾猴科的家族不少：蜘蛛猴、松鼠猴、棕卷尾猴。我最钟爱后者。它们都是新大陆居民，一直住在南美洲。

棕卷尾猴 (Brown Capuchin) 也有不同的种，有的白面白喉，有的白额；有的黑脸，头顶好像戴顶传教士的小帽子，有的头顶发式是中间陷落，两侧升起，仿佛起角，绝不漂亮，老像哭丧着脸，所以又叫泣猴 (Weeper Capuchin)；却相当聪明。

看过两段它们生活的纪录片，其一呈现它们住在山岩的边缘地带，躲在岩洞休息。花豹常常到来窥伺，守卫立即发出哨声示警。只见棕卷尾猴纷纷冲上岩顶，然后推下岩块，把花豹赶走。

其二：棕卷尾猴会采集苏铁的果子，留在地上一个星期，让阳光晒干。然后选择适当的果子，带到石砧上，用另一石块击开果壳，取食果肉。懂得利用工具，不让黑猩猩专美。

生物学家做的测验使我更加惊异。片段：两只棕卷尾猴分别放置小室中，以透明玻璃分隔，甲室有一把凿子，乙室有一个用纸密封的阔口瓶，瓶内有六颗核果。食物可见却吃不到。甲猴把凿子穿进隔屏的小洞递给乙猴，后者就用凿子把封纸戳破，然后从瓶中取出核果，再穿过洞孔交给对方，一次交一颗，交了三次，不多不少，恰好平分。它们会互惠，会点算；而不会独占。我多么希望有一只棕卷尾猴朋友。

卷尾猴（大阪天王寺动物园）

上世纪70年代，美国有人训练棕卷尾猴成为伤残老弱的“助手”，有点像导盲犬。它们学会开关电灯、捡物，用遥控器，用微波炉热食物，还会打开冰箱取瓶，旋开瓶盖，再插入吸管。

朋友替我缝的卷尾猴拍照时，我顺手加上一些叶子，因为它们喜欢采摘胡椒树的叶子揩抹身体，借以除虫、防蚊。

棕卷尾猴 （Brown Capuchin, Tufted Capuchin）

目	灵长目 Primates
科	卷尾猴科 Cebidae
属	卷尾猴属 *Cebus*
种	棕卷尾猴 *C. apella*
学名	*Cebus apella* （Linnaeus,1758）
栖息地	南美洲亚马逊雨林
保护状况	安全（LC）
体重	1.9–4.8公斤
体长	32–57厘米；尾长38–56厘米
食物杂食	杂食：果实、小动物

蜘蛛猴呢，

乖乖地坐着听，

一面不断点头。

我真是看呆了。

Spider Monkey

蜘蛛猴

蜘蛛猴看来很瘦，通体黑色，身长手脚长，加上尾长。当它把尾巴垂挂在树上，远看成一个“而”字，的确像只多爪的蜘蛛，不过它比黑寡妇漂亮，而且吃素，并不凶残。

蜘蛛猴(Spider Monkey)属卷尾猴科，和松鼠猴、卷尾猴同一大家族，这家族只居住在新大陆，特色是尾巴都可以卷曲，缠抓树枝。这些尾巴末端内侧不是毛发,而是皮层且有纹脉,可以紧附抓握物体,好像是第五只手,能倒挂,也喜欢倒挂,中国于是归类为悬猴科,又简称蛛猴。书本说,蜘蛛猴没有大拇指。我一直怀疑，要是没有拇指，对攀爬总不大方便吧，但看见它们在树上活动，灵活、敏捷，一如长臂猿，同样用臂行左右左右，荡秋千似的耍杂技，真是杞人忧天，因为它们可以借助吊钩似的尾巴。

不过，长臂猿的毛发多半柔软，浓密而妥贴，蜘蛛猴呢，粗松杂乱，像久没梳洗的丐帮。丐帮分子也有例外，蜘蛛猴的表兄弟绒毛蜘蛛猴(Woolly Spider Monkey)，就足以和长臂猿比美，皮毛又结实又厚重，像漂亮的地毯。当然,这种审美观念,蜘蛛猴可能会说,太旧世界了;你看看新人类的青少年吧。

看过一部保育中心的纪录片，一位巡回的兽医来替动物诊症。动物的种类很多，都可以自由活动。兽医工作时，动物也在旁边观看，有的爬上橱柜，有的攀上屋梁。我看见一只秃猴，走来走去，它原来和花猫一般大小。它没有生病，它也在看别人看病。兽医坐在户外一堆石上，对面坐着一只蜘蛛猴。它看来生病了，不过不像是什么重病，是皮肤病，或者被昆虫咬过，受了感染吧。它把两条腿分搁在石上。医生拿了喷雾剂喷在它的脚上。大概感觉清爽，止痛又止痒，它伸出另一只脚来。医生也替这只脚喷药，而且对它说话，好像是说,这些药要一天喷四次,喷过一星期就好了。蜘蛛猴呢,乖乖地坐着听,一面不断点头。我真是看呆了。

我喜欢蜘蛛，喜欢的是结大网，在地面上爬，穴居泥洞的大兰杜拉大食

蜘蛛猴（新加坡动物园）

鸟蜘。我觉得蜘蛛的眼睛最漂亮，而且最多，一共八只，围着身体的左右前后。正前方有四只，像汽车的车头灯。我缝了蜘蛛猴，也试缝一只蜘蛛，与蜘蛛猴为友，同名就更不要相残。

红脸蜘蛛猴 （Red-faced Spider Monkey）

目	灵长目 Primates
科	卷毛猴科 Cebidae
属	蜘蛛猴属 *Atelidae*
种	红脸蜘蛛猴 *A.panniscus* （Spix,1823）
学名	*Ateles arachnoides* （É. Geoffroy, 1806）
栖息地	巴西雨林
保护状况	极危（CE）
体重	雄：7.9公斤；雌：6.9公斤
体长	35–42厘米；尾长65–80厘米
食物杂食	树叶、果实

婴儿最初四个月，
就由父亲负在背上，
每隔二三小时，
把孩子交给母猴哺乳。

Night Monkey 夜猴

马达加斯加没有啄木鸟，但有拟似的指猴，把树木中的虫挖出来。亚马逊雨林没有猫头鹰，但有拟似的夜猴，长了两只黄澄的大圆眼，又是夜行动物，看来活像猫头鹰，因此，夜猴 (Night Monkey) 又叫猫头鹰猴 (Owl Monkey)。

除了黄色大眼，夜猴还长了一张斑脸，白斑围绕大眼外，从额头开始，还垂下三道黑条纹，圆头小耳，模样的确像猫，不过瞳仁却不会随光线伸缩。

大眼睛有什么用？能否看到更多东西？不能。两只眼睛朝前看，视域集中在前方，左侧、右侧和背后都照顾不到，除非项颈可转 360 度，譬如眼镜猴。眼睛大的唯一长处，是可以收纳更多的光线，对夜行动物来说，在黑夜中狩猎，可以看得更清晰。夜行的优点则有助避开昼行的掠食者，也不必与卷尾猴等争食。

南美洲不少哺乳类动物，像狨，都是由父亲照顾幼儿的，夜猴也不例外，婴儿最初四个月，就由父亲负在背上，每隔二三小时，把孩子交给母猴哺乳，其他家族成员有时也来帮忙携扶。如是三年，直到小猴长大，独立生活。

猴族有彼此理毛的习惯，既可清除虱子、尘垢，又是一种社交活动：联络感情、消除敌意。夜猴倒是例外，它们很少互相理毛，晚上忙于觅食，转眼就天亮了，没有时间交际了，该睡觉了，而且，群居的成员并不多。

夜猴（日本犬山猿猴公园）

夜猴（鸮猴，猫头鹰猴；Night Monkey）

目	灵长目 Primates
科	青猴科 Aotidae （Poche, 1908;1865）
属	夜猴属 *Aotus* （Illiger, 1811）
种	夜猴 *A. lemurinus*
学名	*Aotus trivirgata* （Humboldt, 1811）
栖息地	中、南美洲
保护状况	低危（LC）
体重	0.8–1.3公斤
体长	30–42厘米
食物杂食	果实、蜜糖、树胶、昆虫

它们不只吃小昆虫，
也吃大一点的动物，
吃大蜘蛛、青蛙、蜥蜴和蛇，
牙齿锋利。

Golden White Tassel-Eared Marmoser

金白流苏耳狨

亚洲有眼镜猴、蜂猴，非洲有丛猴、指猴。它们都是林中的小动物，模样不像一般的猴子，但却是猴类，而且是灵长目。在南美洲呢，同样有类似的小动物，猫儿般大小，精灵活泼，个性独特，常常被当作宠物。它们是狨。它们和亚非的亲属不一样，并不夜行，也不需要奇异的大眼睛。它们以毛发、胡子出众，别具风采。

譬如金狮狨，全身金红皮毛；棉顶狨，满头如一团棉花糖。白耳狨和黑耳狨，除了肩披白或黑毛，耳朵就像蒲公英的花朵。狨吃花果和昆虫，也吃蚱蜢、蜥蜴，不吃叶，特别爱吃树胶。它们用尖牙在树干上咬出一个个洞，舐吸树胶。晚上，一家大小蜷伏在树洞中睡眠。

狨总是生双胞胎，异卵双胎，有时同一性别，有时是龙凤胎。做母亲并不太辛劳，因为孩子都由父亲扶育，每二三小时，才交母亲哺乳。狨爸爸很能干，母狨生下婴孩，它会咬断脐带，舐干婴孩，吃掉胎盘。这些，一般都由母猴来处理。平日，狨爸爸就背着子女在树上攀爬、觅食。不久，孩子稍大些，一家幼长会一起照顾小朋友。

狨曾被人当作宠物，但这种珍稀动物，连专家也不见得完全了解，何况是普通人？有一家动物园养了三只公银狨，每天喂吃昆虫，又在木条上挖洞，涂上蜜糖或花生酱，逗它们高兴。可是其中一只，有一天忽然有点疲态，不大活动，就是检查不出什么毛病。谁知那狨第二天竟生下两个宝宝。

别看狨个子小小的，不过小猫一般，却是爱肉食的厉害杀手。它们不只吃小昆虫，也吃大一点的动物，吃大蜘蛛、青蛙、蜥蜴和蛇，牙齿锋利。如果见到树上一行行圆洞，不要以为是啄木鸟降临，那往往是狨的杰作，用尖牙咬成，为了吃树胶。

要辨别动物演化的先后，可以看它们手和脚的指端，高等动物的指端覆盖着指甲，初等的则仍长着利爪，有助于爬树。狨的品种众多，其中不少耳朵作穗状，有黑有白。侏儒狨是南美最小的动物，满身芝麻斑点，头毛蓬松，如同小狮子。

我缝的是狨是金白流苏耳狨 (golden white tassel-eared marmoset)，合身白，耳朵有簇毛，尾巴金黄。1988 年发现的新品种是 satere marmoset，黑耳，无耳穗。

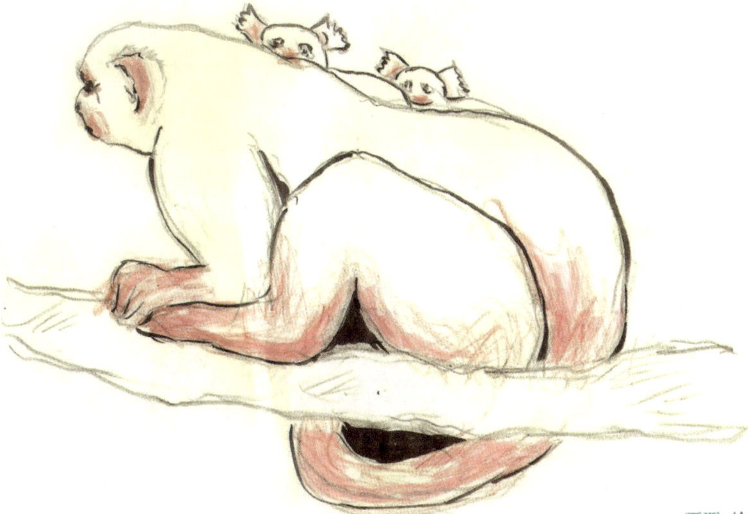

西西 绘

白耳狨(新加坡野生动物园)

金白流苏耳狨 （Golden White Tassel-Eared Marmoset）

目	灵长目 Primates
科	狨科 Callitrichidae
属	狨属 *Mico*
种	金白流苏耳狨 *M. chrysoleuca*
学名	*Mico chrysoleuca* （Wagner,1842）
栖息地	巴西河岸树林
保护状况	缺乏数据（DD）
体重	2.3—4.5公斤
体长	18—30厘米，尾长17—40厘米
食物杂食	果实、树汁、花蜜；鸟蛋、昆虫

帝髭獠狨是漂亮的狨，
最别致的是长了一把又长又弯的胡子，
因为德国凯撒威廉二世像它，
所以反过来被命名为帝髭狨。

Emperor Tmarine
帝髭獠狨

中、南美洲的狨，其实分为两大类，一类是Marmoset，另一类是Tamarine。英文分得很清楚，可是中文就有点混淆，两者都称狨，而且各有分名法。我呢，把Marmoset称为狨，而Tamarine则称獠狨。总之，仍是狨属，是猴族，虽然没有猴子的相貌。獠字有青面獠牙，样子凶恶的意思，形容Tamarine并不适合，不过，有些獠狨的长相，从人的角度看，也相当狰狞。

帝髭獠狨(Emperor Tamarine)是漂亮的狨，最别致的是长了一把又长又弯的胡子，因为德国凯撒威廉二世像它，所以反过来被命名为帝髭狨。它们其实是这大地和平而善良的小居民，和其他的狨类，譬如鞍背猿狨 (Saddleback Tamarine) 一起生活，而且互相帮助，彼此通报。独居的小动物很难久活，因为目标单一、集中，又无支援；而成群聚居呢，有群体示警、掩护，被捕猎的机会是 N 分之一。鞍背獠狨对地面的掠食者较敏感，帝王獠狨则擅长辨识高空来袭的猛禽。这是合群的好处。

我在新加坡动物园近园口的餐饮区见到灌木丛中吱吱喳喳，枝叶晃动，原来是一群狨自由自在到处戏耍，既无围栏，又不怕人，想必生活愉快。树木的藤蔓低垂，它们就在我的头顶和眼前捉迷藏。

但同样的地方，近年某些宠物店竟然会引进狨猴出售，真是大煞风景。它们根本不能当宠物。獠狨个性温顺，狨则非常情绪化，比长臂猿更难豢养。一对小狨猴据报售价约马币一万三千，只需取得饲养执照，即能合法饲养。受保护的濒绝动物，可以公开而且合法地出售。不知小狨的命运如何，但愿保育的组织拯救。

狨和獠狨的属名是 Callitrichids，意思是“美丽的毛发”。一部描述南美动物的卡通片出现过一大群狐猴，续作却是狨了，只见狨猴晃动着它们毛茸茸的耳朵。

狨和獠狨外形相似，最大的分别是牙齿。狨的下唇内有一排尖牙，可以咬破树皮吃树胶。獠狨并没有特别的利齿，只好去舐豆荚的黏胶，因为豆荚成熟后会爆裂，树木会分泌胶液，把种子黏在豆荚内，等待动物来吞食，传播到远方。这是大自然的分享和合作，不要破坏才好呵。

帝髭獠狨（日本犬山猿猴公园）

帝髭獠狨 （Emperor Tamarin）

目	灵长目 Primates
科	狨科 Callitrichidae
属	獠狨属 *Saguinus*
种	帝髭獠狨 *S.imperator*
学名	*Saguinus imperator* （Goeldi, 1907）
栖息地	亚马逊盆地、秘鲁、玻利维亚及巴西热带雨林
保护状况	安全（LC）
体重	3.5–4.5公斤
体长	23–26厘米，尾长35–41.5厘米
食物杂食	杂食性：生果、树汁；也吃鸟蛋、昆虫等

西方并没有专画猿猴的大家，

中国有，

可是奇怪绝大部分的画史都没有他的名字，

他像他画的长臂猿，

藏在深山，

而且濒临绝灭。

何福仁　西西

对谈

中国猿猴的故事

何福仁（以下称“何”）：小时读李白诗：“两岸猿声啼不住，轻舟已过万重山”，有一种畅快、清爽的感觉，可是一直不曾追问，那是什么的猿？那一定是很愉快、高亢的歌唱。年长些，读到杜甫诗：“风高天急猿啸哀，渚清沙白鸟飞回”，同样是长江三峡的经验，同样嘹亮的歌声，却变得那么哀愁，是否天宝十四年前后诗人不同的心境？至于什么的猿，从来没加深究。当然，我还可以举更早的屈原，他被流放到“猿狖之所居”……近来我才想到这问题。

西西（以下称“西”）：应该是长臂猿。

何：长江流域的考古，发现史前长臂猿、熊猴的化石，过去，一定有过许许多多的长臂猿，一直到唐代宋代，到了近代，逐渐少了，现代呢，我二十年来前后在长江三峡坐过三次船，就像你说的，根本再听不到猿啼，两岸也许再没有自由自在的长臂猿了。

西：成为了濒临瘖哑的歌手。

何：甲骨文里出现的猿猴，写成“夒”字，是一个象形字。也写作“忧”，《说文解字》说：“夒，贪兽也，一曰母猴，似人。”母猴，有人说是指猕猴，不是猴妈妈；猕猴会偷东西，猕猴的大王孙悟空不是会偷仙桃吗？有故事说猕猴偷谷物时总夹在腋下，以便空出手来，偷了又往腋下夹，到头来只夹着一个。这是贪多的教训。后来因为“夒”、“忧”都看不出是动物，于是加上边旁“犬”，变成形声字“獿”、“㹛”，再讹变为“猱”。獿、㹛、猱实为同一个字；“猨”则是“猿”的异体字。

有人说“夒”这个字后来添加了帽子，变成“夔”，但“夔”字，翻开辞典，最常见的解说，是指一种异兽，像龙，只有一足。其实这是以讹传讹，《韩非子·外储说左下》记鲁哀公问孔子夔的问题，孔子这样澄清：他是人呵，何故只有一足？他看来与常人无异，不过精通音乐；他为尧调教音乐，尧称赞有夔一个人就够了。孔子说：“夔有一足，非一足也。”但积习难返，《山海经》、《说文》等等，仍当是独脚怪兽。当然也不大可能是猿猴。

“夔府孤城落日斜”，这是杜甫的诗句，周代时曾有一个小国，叫夔，就在今天

白手长臂猿(新加坡野生动物园)

湖北的秭归，那是屈原的故乡，后来被楚灭了，如果“夔”和“夒”是同一个字，那么这地方大抵有很多猿猴，好得很，但恐怕不是这个原因。不过从湖北、湖南、四川，到海南岛，的确都曾是“猿狖之所居”。甲骨文、金文都有象形的“夒”字，看来像站立的猿猴，但奇怪商代的青铜器有虎、鸟等动物形象，有的写实，有的写意，就是不见猿猴。完全缺席了。像龙的夔纹，却有不少。可见夔和夒有别。怎么解释呢？荷兰的高罗佩(R. H. Van Gulik)认为，殷人当猿猴这个“夒”字是自己的始祖，奉为神兽，因为敬畏，把猿猴铭刻在青铜器，是一种禁忌。

西：这要由专家考证了，不过一般奉为神兽，才把它铭刻。但高罗佩的《长臂猨考》(*The Gibbon in China:An Eassay in Chinese Animal Lore*)的确是一本很精彩的书。他考订中国的长臂猿，以及其他的猴子，引出朝代丰富的典籍，他自己也养长臂猿，写出长臂猿的生活习性，用自己豢养的经验加以引证，这种书中国人不写，却由一位出色的汉学家写，真是礼失而求诸野。高罗佩之前，写出研究长臂猿的专书并不多，中国的，至今好像还没有。日本的猴子种类甚少，却可以产生许多研究猿猴的大家，例如伊谷纯一郎 (J. Itani)、西田利贞 (T. Nishida) 等，研究黑猩猩的群体组织，长期生活在非洲。

长臂猿不及其他猿类如大猩猩、黑猩猩那么瞩目，但它是中国、东南亚的特产，跟我们最亲切。如果绝灭了，中国的古典诗文，有一部分，就哑了。

何：这书还附有长臂猿歌声的胶碟。中国并没有其他大猿，只有长臂猿。那么漂亮的动物，那么绝妙的高低杆能手，那么动听的歌声，那么多中国诗文、绘画的文化记忆，绝灭了真太可惜。

西：太可惜了。它们的歌声，有好几种作用，伴侣之间的呼应、唱和；对领地的宣示；对敌人来袭的警报。也有表示高兴、兴奋的呼叫。每一种长臂猿的声音，像唱歌剧，很嘹亮，其实都有细微的分别，不同的情况也有不同的唱法。前两种通常连续十至十五分钟，在早上、黄昏。黄昏时，一家成员此起彼落……不过长臂猿一面濒临绝灭，另一面又不断发现新的品种，我一年前还以为它们只有八九种，如今才知道，原来有十六种。当然品种增多，不等于数量增多，如今最高危的是海南岛的长臂猿，我看最近 *BBC Wildlife* 杂志（2010 年 8 月号），一位英国长臂猿专家访问海南岛的报道，如今只有二十五只。20 世纪的 50 年代还有两千只，这可能是最先绝灭的一种，据说当地保育中心正在尽力挽救。

西：高罗佩在家里养长臂猿，他是荷兰大使，有花园等足够的地方。他的经验是第一手的。譬如说，幼小的长臂猿总喜欢依赖在养主身上，当他们是母亲，会妒忌其他猫狗动物，甚至小孩，你在它们面前和猫狗、小孩等玩耍，它们就吃醋了。

何：其实猫狗也是这样。

西：然后到七八岁成长，就像其他猿类，就变得不受约束。那是自然的现象，它会要求独立，要过自己的生活，会找伴侣。一般活到二十五岁。

何：中国过去，譬如说一二千年前，最多的是哪些猿猴？

西：主要是长臂猿、猕猴、金丝猴吧。

何：中国十二生肖里的猴，一般当做猕猴。但在古典诗文里，主角其实是长臂猿，只有《西游记》，为了神化主角美猴王，说它是天产石猴，但花果山一众“猿猴、猕猴、马猴”尊它为王，说得很随便，一分为三。当然，考究起来，猕猴也有许多种。“马猴”即广府话的“马骝”，其实也是猕猴，古人以为在“（马）厩中畜母猴，能辟马病”（李时珍）。《西游记》的话本前身《西游记平话》，也指美猴王是猕猴。不过在明代以前，猕猴的名声并不好，柳宗元等人拿来做长臂猿的对比。长臂猿在《诗经》、《楚辞》就已经表现过身手，屈原至少提过四次，一句说“猨啾啾兮又夜鸣”、另一句“深林杳以溟溟兮，猿狖之所居”，可说下开中国诗人写景抒情、写猿夜啼、写怀念故土的先声。自汉代以来，历朝有大量猿猴的文字，不过随着城市的发展，猿猴的栖息地才从中原逐渐退到长江两岸，退到西南方。

早期猿和猴用得很浮泛，猿和猴之外，另外有的又分出狒狒，可不是今天的狒狒，并没有分清楚。例如古书说“狖”是一种长着长尾的猿，那是猿猴不分了。其中不少是神话、传说，想象多于实际观察。例如：

周群妙间谶说。游岷山采石，见一白猿，从绝峰下，对群而立。群抽所佩之刀，以投白猿，猿化为一老翁，手中有玉板，长八寸，以授群。

——东晋·王嘉《拾遗记》

饮其（狒狒）血，可以见鬼；力负千觔，笑辄上吻掩额，状如猕猴，作人言如鸟声，能知生死。

——唐·段成式《酉阳杂俎》

周群故事的灵感，可能来自《吴越春秋》赵女善剑、老人化猿的故事。这类神怪故事并不少，例如晋代张华《博物志》里猴玃盗取女子为妻，等等。

西：《山海经》里的猿猱也都稀奇古怪。

何：有的，像庄子，真是天才，在两千年前已看到猴子对于计算懂很少，却扮代表，所以可以“朝三暮四”骗它。他又写到猿在树上敏捷的身手，连擅射的羿和逢蒙也拿它没办法；可是一下地面，就“危行侧视，振动悼栗”，不再“足以逞其能”

了。庄子不骗人的时候，倒表现精到的观察力。

西：长臂猿的身手，许多时反而就成为神射手养由基之流“逞其能”的箭靶。

何：是的，《史记》写李广，说他“猿臂善射”。大学者，像董仲舒，借长臂猿来宣扬自己讲“气”的学说，近乎荒诞：“猨似猴，大而黑，长前臂，所以寿八百，好引其气也。”（《春秋繁露》）人而学猴，还是三国时华佗创的“五禽戏”有根据，猴是其中一戏，这个“戏”，是锻炼身体的运动。后世的“猴拳”大抵由此而来。晋代郭璞注解《尔雅》一种猴子，也写得很准确：“蜼，似猕猴而大，黄黑色，尾长数尺，似獭尾，末有岐；鼻露向上，雨即悬于树，以尾塞鼻，或以两指。江东人亦取养之，为物捷达。”

西：显然是金丝猴，黄黑色、仰鼻；下雨时用尾巴，或者用两指塞鼻，有趣，也不是向壁虚构。

何：蜼，原来是金丝猴。

西：最近看国家地理杂志，指缅甸发现第五种金丝猴品种，猎人向游客描述看见一只厚唇黑猴，鼻子朝天，下雨时把头埋在双膝间，被雨打中，会打喷嚏。可惜只是描述，并不见照片的证据。

何：汉代刘向描述长臂猿这几句，同样准确：“（猨）或黄或黑，通胛轻剿，善援妙吟；雌为人所得，终不徒生。”说它“善援妙吟”，真好。

西：说伴侣被捉之后，就终生不再另寻，也是长臂猿的实情。

何：大体上，古人讲狒狒会吃人，不对，形象也不好，长臂猿呢，还是正面的多。高罗佩在《长臂猨考》里把典籍逐一引出，我们引不胜引。不过其中有四则，我觉得特别有意思，读了，有什么感想？

（邓）芝征涪陵，见玄猿缘山。芝性好弩，手自射猿，中之。猿拔其箭，卷木叶塞其创。芝曰：“嘻，吾违物之性，其将死矣！”

另一版本：

一日，芝见猿抱子在树上，引弩射之，中猿母，其子为拔箭，以木叶塞创。芝

 乃叹息，投弩水中，自知当死。

——晋·常璩《华阳国志》

桓公入蜀，至三峡中，部伍中有得猿子者，其母缘岸哀号，行百余里不去，遂跳上船，至便即绝。破其腹中，肠皆寸寸断。公闻之怒，命黜其人。

——南朝·刘义庆《世说新语·黜免》

僧悟空在江外见一猿性树杪，弋人伺其便射之，正中母腹。母呼其雄至，付子已哀鸣数声。乃拔箭，堕地而死。射者折矢弃弓，誓不复射。

——北宋·彭乘《墨客挥犀》

范蜀公载吉州有捕猿者，杀其母之皮，并其子卖之龙泉萧氏。示以母皮，抱之跳踯号呼而毙，萧氏子为作《孝猿传》。

先君向守鄞江，属邑武平素产金丝猿，大者难驯，小者则其母抱持不少置。当先以药矢毙其母，母既中矢，度不能自免，则以乳汁遍洒林叶间，以饮其子，然后堕地就死。乃取其母皮痛鞭之，其子亟悲鸣而下，束手就获。盖每夕必寝其皮而后安，否则不可育也。噫！此所谓兽状而人心者乎！取之者不仁甚矣。故先子在官日，每严捕弋之禁云。

——南宋·周密《齐东野语·捕猿戒》

西：大同小异，可能互相影响。最深印象的当然是《世说》里母猿追船的故事，小时候已经听说过。中国古人也会为捕猿、射猿而反省，很难得。可以作为今人的借鉴。今天在非洲、马来半岛仍有人捕猎幼年的各种猩猩，卖给人作为宠物，但要捕猎小猩猩，先要杀死它们的母亲。要买小猩猩的有钱人、动物园，是否知道这是“违物之性”，伤天害理？中国古人这样写，并不等于今天内地就没有人猎杀猿猴、月熊等勾当。

何：猿猴也是借题发挥的意象，中国这方面的诗文还会少么？试举一个代表：柳宗元。柳宗元贬永州，写了一系列著名的游记外，还写了一篇《憎王孙文》。他自称在山区住久了，见到猿和猴两种不同的习性、情态，猿善良、可爱，猴呢，残暴而可恶。猿，是长臂猿。王孙是指什么猴子，大多认定是猕猴，我想他是有意暧昧。王孙王孙，不是很清楚吗？有人从方志之类考订“王孙”这种猴子，结论是那是很小的一种，可能是今天中国已没有的眼镜猴。真是深文周纳，走火入魔。小小的眼镜猴岂能和长臂猿争！柳宗元说猿和王孙相争，势众者胜，不过到头来，猿离去算了，真是耻与魑魅争光。

然后文末写了一篇骚体诗，谴责王孙，一再追问山灵何以不出来清理门户。之前，汉末王延寿有一篇《王孙赋》，写猴子的各种形貌、情态，有点谐趣，柳宗元加添一个强烈的“憎”字，是借用，其实也是骂王孙的保护伞；看，只怪你自己对号入座。正邪不两立，结果君子远去，小人当道，因为山灵袖手旁观，山灵失灵了。就像他的《捕蛇者说》，变成是讽刺的寓言，是政论，比今人要勇敢得多。他在文中表现了在山居对猿和猴的观察。他其实另有一篇很精彩的《囚山赋》，把自己身处楚越的山比作监牢，跟前人把山林理想化的写法不同。

不过，因为要对比，善恶太分明了，也有不切实的地方，比如说“猿之德静以恒”……

西：长臂猿喜欢在树上荡来荡去，早晚高唱，并不静；静也不见得是德行。我们就喜欢它不静。当然，对诗人来说，猴群发声，是喧闹，长臂猿则是音乐。

何：稍后的李德裕，也写了《白猿赋》，同样比较猿和猴两种禀性，也另有寄托，不过收结不同，情愿学猿那样洁身自爱，远离尘世的纷争。柳和李都是皇帝令下的逐客，李贬谪到史上不可能贬得更远的地方：海南岛。到了宋代，诗和画都很好的文同还原猿本来的情态，末结又调侃一下王孙：

岷岭高无敌，来从第几层。攀缘殊不倦，趫捷尔诚能。晚啸思危石，晴悬忆古藤。王孙非汝类，只可以文憎。

——**《猿》**

文学就是这么一回事，一个引出另一个来。文同自己也养猿，爱惜极了，“置之眼前看不足，解去绦索令自恣”，然后猿病死，他很伤心，写诗哀悼；描写长臂猿生病，很传神:“与之柿栗不肯顾,局脚埋头交两臂。毛焦色暗肉挛缩,斗觉精神变憔悴。”他也自责:“苦将缰锁强维絷,不究天年良有自。”

西:长臂猿喜欢在树梢活动,真是“高无敌”,越高越好,可不会像李白所想象的“愁攀援”,下面是叶猴、猕猴,可以平分一棵树,并不独占。据高罗佩豢养长臂猿的经验,长臂猿会分等级,真有点势利,当有军人走来,它会迎向长官,对士兵没有兴趣。猿类都有社会阶层的观念,所以,我们是近亲。其实其他猴子也有这种观念,不过不像猿类那么严格,那么政治化罢了。

长臂猿高傲,总是跑到最高处,居高临下看你。它也很有个性,高罗佩写自己一只长臂猿生病,打了抗生素,一时还未见效,它挣扎着攀到外边的树梢,盘屈抱膝,大概以为自己要去了,要去得尊严。这时药效发挥作用,它逐渐好了,这才从树上下来。

周密说金丝猴大了不驯,不能再养,猿类都是这样,小时都很好玩,但作为宠物,就剥夺了它向母亲学习各种技能的机会:什么东西可吃,什么东西危险。大概七八岁长成就不再好玩了,必须离开。高罗佩写一位朋友把长大了的长臂猿野放,很有趣,经常带它出野外,由它在树林玩耍,晚了才带它回家,它越玩越久,久而久之,终于再不回来。再见它,已成为母亲了,自己从树上下来,孩子就留在树上。逗留了一阵才离开。他是否夫子自道?

何:我想起以前看过的 *Born Free*,作者写自己在非洲和一只小狮的感情,小狮长大了就不得不想尽办法让它重新适应野外的生活。后来再看到它时,已经成为母亲了,还认得作者。唐宋已有不少人养小猿,然后写了许多的“放猿”诗,像吉中孚、许浑、释智圆、王仁裕……

西:高罗佩引了《太平广记》里王仁裕养猿的故事,文章较长,很动人,小猿名叫“野宾”,同样是长大后胡闹,不得不送走了。野宾,这名字真好。许多年后在蜀山上再相遇,因为曾在它的颈上系上红绡,所以认得,叫它的名字,会回应,走远了,还听到野宾的呼唤。

何:我说李白“两岸猿声啼不住”很神畅,甚至是愉快的,可惜这类例子不多,中国诗人提起猿声，祖师爷爷屈原之后，总是哀愁的多。《水经注》的"巴东三峡巫峡长，猿鸣三声泪沾裳"，这类"伤他闷透"的句子在唐诗里多不胜数，有人统计过，提及猿、猴的差不多两千首，到了宋代，更多达三千首。我择录一些唐诗句子；高罗佩举过，或者李白杜甫的名作，就不重复，唐代以后的，也无需再举了：

古木鸣寒鸟，空山啼夜猿。

——魏徵《述怀》

大都秋雁少，只是夜猿多。

——高适《送郑侍御谪闽中》

客醉山月静，猿啼江树深。

——宋之问《端州别袁侍郎》

山暝听猿愁，沧江急夜流。

——孟浩然《宿桐庐江寄广陵旧游》

忆君遥在潇湘月，愁听清猿梦里长。

——王昌龄《送魏二》

猿不见兮空闻，忽山西兮夕阳。

——王维《送友人归山歌》

猿声知后夜，花发见流年。

——刘长卿《喜鲍禅师自龙山至》

孤猿更叫秋风里，不是愁人亦断肠。

——戴叔伦《夜发袁江寄李颍川刘侍御》

唯有夜猿知客恨，峄阳溪路第三声。

——李端《送刘侍郎》

阳山穷邑惟猿猴，手持彩竿远相投。

——韩愈《刘生诗》

家僮若失钓鱼竿，定是猿猴把将去。

——卢仝《出山作》

汉画像石《阉牛图》

三声猿后垂乡泪，一叶舟中载病身。

——白居易《舟夜赠内》

瑶姬一去一千年，丁香邛竹啼老猿。

——李贺《巫山高》

独折南园一朵梅，重寻幽坎已生苔。无端晚吹惊高树，似袅长枝欲下来。

——杜牧《伤猿》

祝融南去万重云，清啸无因更一闻。莫遣碧江通箭道，不教肠断忆同群。

——李商隐《失猿》

首先，所有大诗人都写过，并不乏通篇咏猿之作，可见当年长江两岸、西南方长臂猿之多。

其次，大多诉诸听觉，描摹视觉经验的较少。这些高栖的灵长目，听得到，却不易见，诚如王维所说“猿不见兮空闻”。但描摹猿声并不细致，猿啼其实何止三声？最早《水经注》的一句，也许不过是为了跟“三峡”相对。

第三，“愁猿”、“猿三声”之类已成套语，去到遥远的南方，或送朋友到南方，恐怕大多不是自愿的，不是战祸，就是贬官，在孤寂的夜晚听到，特别深刻。它们成为诗人主观情感的客观投影。但相同的题材、套语，也有高下之别。李、杜的确胜人一筹。

此外，韩愈和卢仝是诗友，不免互相对答；同一首诗，韩愈曾提到“猩猩愁”，“猩猩”一词，唐人很少用。

西：其中只有刘长卿那一首有一个“喜”字；杜牧一首角度比较特别。

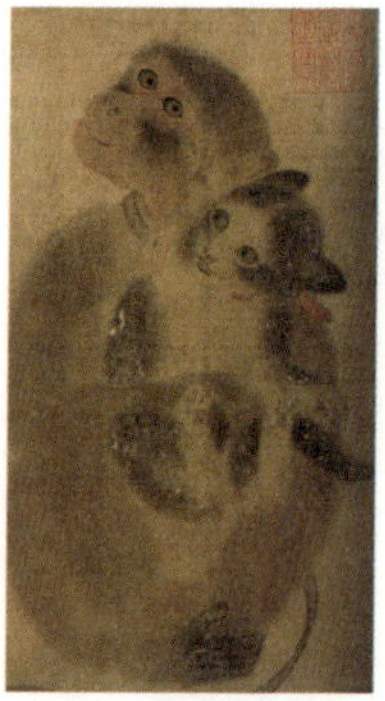

易元吉《猴猫图》局部

易元吉《乔柯猿挂图》

何：刘长卿那一首是稀有的了，他另外写了更多愁猿诗；杜牧也另有“三声欲断疑肠断，饶是少年须白头”（《猿》）的句子。现在可以借助电脑的各种搜寻器，这类作品还会愁于难搜吗？

古人画猿猴，在《山海经》里不必说，在《三才图会》之类也不大写实，有时也是猿猴不分。画家恐怕不是都看过实物。汉代的画像石有各种动物，马、虎、牛、鹿、凤凰，但猿猴反而很少，比方南阳方城县城关镇出土的一块阉牛图，人在左边阉牛，中间却是牛和虎搏斗，猴子在右边牵扯猛虎的尾巴，俨如人的助手。画面充满动感、激情，这当然是想象。既平衡画面，又为紧张气氛增添谐趣。汉人喜欢训练猴子演戏，一直到唐代，据说科举放榜后，庆功时就上演猴戏。可惜没有绘画留存。西晋傅玄的《猿猴赋》就描摹猴子演戏的各种情态。

西：猴戏，早在三四十年前，我们在香港的街头也还可以见到，街头艺人牵一头猕猴，翻翻筋斗，卖一点什么；十年前，中国内地也仍然有这种把戏，在桂林等地就见过。动物园为吸引观众，这类表演就更多。

何：到了宋代，猿猴画才大盛。照瑞士学者 Thomas Geissmann 的资料（*Gibbon paintings in China, Japan, and Korea: Historical distribution, production rate and context*），北宋和南宋是古代猿猴绘画两个高峰期。然后到了 20 世纪前后，画得更多。北宋时期出了一个了不起的猿猴大家，专善动植物，尤精于画猿猴，后世画的猿猴，看来都受他的影响，就是北宋的易元吉。

西：西方并没有专画猿猴的大家，中国有，可是奇怪绝大部分的画史都没有他

易元吉《蛛网攫猴图》

《猿猴摘果图》（佚名）

的名字，他像他画的长臂猿，藏在深山，而且濒临绝灭。

何：钱选跋《聚猿图》说他“前无古人，后无继者”，并引米芾评为“神品”。《宣和画谱》有一小介，要引出来吗？

西：要的，算是对这位受冷落的大师致敬吧。

何：收在“花鸟”项目里：

易元吉字庆之，长沙人。天资颖异，善画得名于时。初以工花鸟专门，及见赵昌画，乃曰：“世未乏人，要须摆脱旧习，超轶古人之所未到，则可以谓名家。”于是遂游于荆湖间，搜奇访古，名山大川每遇胜丽佳处，辄留其意，几与猿狖鹿豕同游，故心传目击之妙，一写于毫端间，则是世俗之所不得窥其藩也。又尝于长沙所居之舍后，开圃凿池，间以乱石丛篁，梅菊葭苇，多驯养水禽山兽，以伺其动静游息之态，以资于画笔之思致，故写动植之状无出其右者。治平中，景灵宫迎釐御扆，诏元吉画《花石珍禽》，又于神游殿作《牙獐》，皆极其臻妙。未几复诏画《百猿图》，而元吉遂得伸其所学。今御府所藏二百四十有五。

北宋御府收藏了二百四十五幅，列出画名，据说民间另有约一百幅。算算画谱里他画猿猴的画，约有五十幅之多，那么他的猿猴画总计应不少于八十幅。其中画谱里还有一幅《金丝猴图》。

西：我至今没有看到他的专集，有出过吗？

日本东照宫三猴木雕

何：不知道，看来留下的很少，而且分散各地，北京故宫有，台北故宫也有，更多的外流到日本、美国、英国等地，也有的私人收藏，他的手卷《聚猿图》，在日本大阪市立美术馆，我们去参观，可是收藏起来，只见目录。顺便一提，翻美术馆出版的《宋元の绘画》，馆内有一幅《伏生授经图》，传王维所画，那可是唐代，这可能是王维仅存的作品，《宣和画谱》也有这个名单。这是理想化的形象，并没有把老经师表现成衣冠肃正，反而"解衣般薄"，亲切、和善。老人家清癯，但很精神，脸向右侧，这个角度，是《三才图会》传统肖像画的"七分像"，靠在几上，左手指点低垂的书卷。

西：一幅很温暖，很有书卷气的画。我想起牟宗三，我写过篇听他讲课的东西，他一讲两三小时，坐在讲台的椅子上，累了，就把两脚屈起放在椅上，看来像长臂猿，当时不敢写，怕别人以为不敬。

何：我觉得以中国水墨来表现长臂猿，非常切合，白黑两色，那伸长的手臂，在高树上耍玩，写意，传神，跟山林之为隐逸、自由的场所相呼应。

西：他也可以画得很仔细，例如在台北故宫的《猿戏猫图》，那是猕猴，多么准确的呈现，猴子的眼神，温柔里有点鬼灵精。

何：有的画家（不知名）画长臂猿，在树上一只牵着一只，伸手捞水中的什么，

三只猴子（西西造）

那是谢灵运所说的“猿猱下饮，百臂相联”，又或者李白的诗句：“秋浦多白猿，超腾若飞雪，牵引条上儿，饮弄水中月。”

西：高罗佩曾引易元吉的扇面《蛛网攫猿图》（北京故宫），同样令人想起文同记述喂猿吃蜘蛛，右边的小黑猿，右手牵着一枝下垂的树干，左手伸向右角悬挂的蜘蛛网，双腿屈起夹缠着树干，构图像个英文的F，中间是大片的留白，辽远、空阔。勾勒、晕染都很准确。树枝让人有一种摇曳的感觉，小猿样子精灵、调皮，充满情趣。

何：另一幅《猿猴摘果图》（北京故宫），无款，看来也是易元吉笔法，一家三只，各有姿态，有动有静，白母猿成为雄黑猿的对比。易元吉之后，南宋末最著名的是画僧牧溪，他留下的作品，同样不多，而猿猴画几乎都到了日本，影响日本的水墨画，日本画坛并不认为他是恩人，而是“大恩人”。易元吉和牧溪在猿猴专科里是大家，但在整个绘画界并不受重视，尤其是后来文人画抬头，对专业画家诸多月旦，认为不合“雅玩”。这当然是偏见，文人画出了好些杰出名家，可也造成大量雅得很俗的绘画，意念重复，更大的问题可能是技术并不扎实，要依靠其他补缀，精力都去了其他地方。

西：日本人喜欢牧溪，大概是因为他的禅意。

何：大概是吧。我想起日本日光东照宫的著名木雕：《三只猴子》，一只双手堵

颜辉《猿图》

高奇峰《松猿图》

塞耳朵，一只掩住嘴巴，一只遮上眼睛，许多人认定来自孔子的名言“非礼勿视，非礼勿听，非礼勿言”，用好动的猴子表现。木雕刻在神庙舍的檐下，其实还有其他大小猴子，仿佛那是猴子由幼至长的一生历程。神庙舍是宫中的马房，而猴子，据说是马的守护神。如果灵感真的来自孔子，那么孔子还有一个“非礼”，那是“非礼勿动”，也许难以表现，又或者勿动已包含在其中吧。这是孔子回答鲁哀公回的询问，上句是“克己复礼为仁”，礼崩乐坏，是因为大家都不守秩序，所以要重建周文。孔子的说法好像都从负面讲，但换个角度，如果合礼，就要说、要听、要看、要行动。所以另有见义勇为、当仁不让之说。日本人没有中国春秋的时代问题，只喜欢不言不听不看的一面，只有这一面，儒学就改造成禅理，本来好动的猴子，变成枯猴子了。我看过土耳其导演锡兰（Nuri Bilge Ceylan）的电影《三只猴子》，却是讽刺现实：人们在真相因为这样那样的理由，装聋扮哑、视而不见。

西：我也缝了这么三只猴子。如果展览猿猴的话，我希望从这三只猴子开始，最后由一只银背大猩猩收结，它身中五枝箭。

何：好的，这是有意味的布置。清代雍正年间花鸟名家沈铨也曾应邀赴日，他留下一幅《蜂猴图》，自称仿易元吉，其实并不像。

西：他画的是猕猴，可不是真正的蜂猴，或者叫懒猴。

何:是呵,“蜂猴”的谐音是“封侯”,这和易元吉的境界显然有别,尤其入清不久。民国以后，猿猴画相对地最多。近代名家，其中一个是张大千，1960 年代他在巴西大风堂也养了四只猿，两黑两白，各有名字，早晨散步时，一只小猿就跟着走，或牵他的手，或挂在老画家的膀子上。张大千藏了一幅易元吉《懈树双猿图》，据他说画猿不宜露齿，露齿会露出野性，但易氏这画，就不怕露齿，而仍有文气。这也帮助我们理解易元吉。可是大千的二哥张善子(1940 年逝世)，画虎出名，就曾仿易元吉画猿，而且仰头露齿，手臂长得有点夸张。后来其中一只被人射杀后，画家就都送给了巴西动物园。张氏养虎养猿，看来是为了画画，大千自己在 1945、1947 年前后也画了两幅，都题为《仿易元吉双猿图》。另有一幅，叫《爰戏图》，画的是猕猴，不叫猴，叫爰，爰是他的名字，有点自喻的意味。

近年，中国内地也有个别画家专画猿猴，我手上这一册，是否画得太杂乱？我们说西方过去这方面的绘画，猿猴不分，中国也曾有这个毛病，而且一直有。例如元代颜辉的《猿图》，添上了尾巴；近代岭南大家高奇峰，画的分明是猕猴，却被人称为《松猿图》，猴脸、身形都表现出扎实的写生工夫。

西：中国最出名的猴子，是《西游记》的美猴王。

何：真是家喻户晓。

西：就像哈努曼之于印度人。美猴王的原型是哈努曼？

何：这方面的研究极多，不过大抵很难走出几篇开拓、奠基的文章，最早的是胡适(《西游记考证》，1923 年)，他认为孙悟空来自哈努曼。鲁迅不同意，他在 1924 年一次演讲，认为《西游记》作者不可能读到《罗摩衍那》(*Ramayana*) 里的神猴。事实上,《罗摩衍那》的汉译要等到 20 世纪；吴承恩根本也未读过佛经。他熟悉的是唐人小说,《西游记》中受唐人小说影响的地方很不少。唐代李公佐的传奇《古岳渎经》中有无支祁的神怪故事。无支祁本是淮河水神，力气大，腾跃之类本领多,“形若猿猴”,大禹遣将降服,锁在龟山之下(《中国小说的历史变迁》)。鲁迅说：“所以我还以为孙悟空是袭取无支祁的。但胡适之先生仿佛并以为李公佐就受了印度传说的影响，这是我现在还不能说然否的话。”他还认为中国所译的印度经论中，没有和《西游记》相类的话。

那是外来和本土争论之始。

1930年，陈寅恪写了一篇《西游记玄奘弟子故事之演变》，考订取西经三弟子与汉译佛经的出处，包括闹天宫、猪八戒招亲、流沙河和尚，这回答了鲁迅译经中没有相类的说法。这文章收在《金明馆丛稿二稿》中。但当年，上世纪80年代之前，内地学者甚少引用。格于鲁迅在内地的“政治”地位，50年代到80年代初，内地是“义无反顾”地认定本土说。我们可以随手翻翻当年的论文，不过是鲁迅说的注脚、扩充，加上阶级的分类、争斗，再惯例把胡适痛骂一番。其实胡适的文章很了不起，文内也很尊重周豫才先生，当年他才不过三十岁出头，我觉得单是这么一篇论文，他当得起大学中文系教授而无愧。

然后是季羡林，这位精通印度文化的大家这方面的意见很值得注意，他提出《西游记》既有大量印度的成分，不容否认，却又有中国神话的传统。这是调和说，文章在1980年发表，却是写于1950年代末。1979年，在《〈罗摩衍那〉初探》，他已经一面倒向外来说，决定“哈奴曼就是孙悟空的原型”。于是整个外来和本土的争论，无论是海内外，大抵尘埃落定。二三十年来，《西游记》的研究，除了美学的分析，大概阐析、充实与佛教因缘的多。

西：还要解释不读佛经、《罗摩衍那》还没有译本，吴承恩何以会从印度史诗得到启发？

何：鲁迅的论据很薄弱，孙悟空与无支祁一个是天猴，一个是似猴，同样本领大，都被收伏、锁困，如此而已。他说书中受唐人小说影响，这当然是事实，这是本土文化传承的问题，写小说的人不读过去的小说，这才奇怪。要深究的反而是《西游记》里何以有许多情节和印度神话相似。至于认为吴承恩不读佛经，是一种比胡适还大胆的假设，读了，可以正用，也可以出之于谐拟，更可以不用。何况，不读佛经，不等于不知道佛经故事；没读过《西游记》，也会知道齐天大圣大斗天宫——中国的几本古典名著，我们大概初中时代就看过了，今天呢，问问中文系的大学生，十之七八没有看过。但他们好歹知道大概。

西：真的没有看过？

何：多么希望我说错。佛经、史诗，当年也不会是普通人能看。但它们的故事可以通过口传，以至各种视觉方式流传，民间传说就是如此这般。

西:《西游记》好像不及其他几本《红楼梦》、《水浒传》那么受注目,但也很好看，开初孙悟空写偷吃仙桃、大斗天宫就很精彩。叫猴子看守仙桃，真好玩。后来跟唐三藏取西经，遇到妖精鬼怪，因为明知道一定会解决困难，没有太大的惊喜，不过在既定的框架里，仍然变出许多有趣、出色的故事，没有什么雷同，铁扇公主、牛魔王、红孩儿、三打白骨精等等,表现了极好的说故事的能力。猪八戒娶亲就很谐趣。

何:胡适就因为对《西游记》的八十一难（九十九回）不满意，曾自己动手改作。陈之迈写高罗佩早年看中国神话小说，特别欣赏《西游记》，喜欢孙悟空。这或者是他写《长臂猿考》的由来，他喜欢猿猴。他也像猿猴，正业是外交大使，却化身写狄仁杰的侦探小说，研究古琴、中国文化，扮成中国人、晚明的士大夫。另一位喜欢《西游记》的有趣学者，是钱锺书。

《西游记》其实是一本好玩的小说，playfulness，好像我们都忘记了这是文学一大价值。所谓“游戏三昧”，何妨以自由自在的游戏之心，放下说教的束缚？无论作品本身，或者文学理论，都不是红楼水浒所能替代。近世好像游戏就不能登大雅之堂似的，文学艺术就要报国救民，就要拯救世界——喜欢摆这种架式，感觉良好，很好，应该受到尊重，但不要以为这是唯一，而且自以为更有意义、更高尚，可以取代其他。为拯救社会而写的小说如果追求的是自由、民主的理想,就不要成为霸权。中国有孔子孟子,幸好也有庄子。庄子才是真正的文学艺术。胡适和鲁迅对《西游记》的来源有分歧，对主旨倒是一致的，都认为是游戏之作，可惜被谈禅论道，以及后来什么反映社会矛盾、阶级斗争之类讲法搞坏了。说是游戏之作，绝对没有贬斥的意思。不懂游戏价值的人做出的小说，未必有益，但肯定没趣。

西：以为轻的不如重，以为玩笑不如严肃，这可不是辩证的思维。玩笑可以很认真；严肃，有时只会令人失笑。文学艺术的世界其实相反而相成。我们一般人对猴子、猪的看法，又是否由《西游记》塑造的呢？前者反抗权威、调皮，但聪明、忠诚，到底是正面的；后者好食懒做、好色，成为对比。没有后者的反衬，前者就逊色多了。中间还有一个不大起眼的沙僧，其实也少不得。到底在取经的路上，彼此互助，才得成正果。

山魈、鬼狒

长鬃狒狒

金丝猴

眼镜叶猴

旧大陆猴

叶猴

长鼻猴

黑叶猴

白头叶猴

黑猴

日本猕猴

1965年，

一只少年猕猴，

才两岁大，

见到人类浸温泉，

何不照办呢。

Japanese Macaque
日本雪猴

猴子看，猴子做(Monkey See, Monkey Do)。

日本的猴子因此学会了两件提高生活质素的本领：其一是把染沙的蔬果、红薯带到海水中清洗；其二是浸温泉。

猴子一般生活在热带，不过，部分猴子却在寒冷的北方或高山上谋生。冬天来临，大雪纷飞，饥寒交逼的猴子还被称为雪猴哩。雪猴之一就是日本猕猴(Japanese Macaque)，生长在北海道和长野县的地狱谷，1965年，一只少年猕猴，才两岁大，见到人类浸温泉，何不照办呢。真舒服呵，从此开始了地狱谷日本猕猴这奇特的习惯。如今它们在国家公园内有专用的浴池，成为了游客的招徕。每天早上，它们从树上下地，到雪地上找寻喂饲员撒在积雪上的种子等辅助食物，否则，它们只能吃树皮了。然后，猴子大军就去浸温泉了。

据说浸温泉的，以母猴居多，成年的公猴较少。日本猕猴是母系社会，母猴长居领地，它们会浸温泉，也教晓自己的子女。但雄猴长大就会离开母群，加入其他的族群，或者另组团体，这是避免近亲繁殖，这么一来，一旦远离泉区，就未必会养成浸温泉的习惯。何况，泉位较好的往往被地位高的霸占；有时还会为争位而打架哩。

猕猴、卷尾猴，以至猿类，智能到底有多高，可能永远都是一个谜。地狱谷的雪猴会浸温泉，因为偶然看见人类这样，其中一只勇于尝试，再代代相传。其他地方的，就不会了。都说猿猴不会游泳，也不见得。地狱谷的猴子就会游泳；印尼的吃蟹猴，喜欢玩水，还会潜泳，会在水里闭气三十秒，搜索河蟹。红毛猩猩呢，一直说它们怕水，要运用树干才能涉水，但摄影师就拍得一只婆罗洲红毛猩猩游泳，从此岸到彼岸。日本猕猴还会用海水清洗甘薯，同样因为有一只做了，其他就学会了。问题在，猿猴不会积累、整理知识，不会用手机、上网交流经验。

日本雪猴的皮毛分两层，内层短而绵密，可保暖，外层厚而长，但快干，使它们离水后能迅速适应回异的气温。晚上，众猴仍回树上，拥挤一团取暖睡觉。这群猕猴比较幸运，尤其是小猴，还可以玩滚雪球。看过一部纪录片，漫天风雪下，一群猕猴瑟缩在秃树枝下，不知有多少可以捱到其实很遥远的春天？

日本猕猴（日本犬山猿猴公园）

日本猕猴（日本雪猴，Japanese Macaque）

目	灵长目 Primates
科	猴科 Cercopithecidae
属	猕猴属 *Macaca*
种	日本猕猴 *M.fuscata*
学名	*Macaca fuscata* （Blyth,1875）
栖息地	日本北方，海拔1500米以上
保护状况	安全（LC）
体重	雄：11.3公斤；雌：8.4公斤
体长	雄：57厘米；雌：52厘米
食物	果实、野草及昆虫等；冬天则吃树皮

广东人常说马骝，
小说中读到花果山上的猴子猴孙，
就都是猕猴。

Celebes Macaque
黑猴

黑色的猿猴很多，有的是黑叶猴，有的是黑疣猴，有的是黑长臂猿，有的是黑猩猩。那么，黑猴指的是哪一科、哪一属？就要看看它的名称了。原来是 Celebus Macaque。这就好办，Macaque 即是猕猴。在旧大陆猴类中猕猴是一大科，和另一大科疣猴分庭抗衡。广东人常说马骝，小说中读到花果山上的猴子猴孙，就都是猕猴，而且不过是大科分支的一个属，例如恒河猴 (Rhesus Macaque)。其他的猕猴还有一大堆，豚尾猴、短尾猴、台湾猴、藏酋猴、熊猴等等。

Celebus，西里伯斯，指的又是什么？那是地方的名字，一个相当大的岛，位于东南亚婆罗洲以东新几内亚以西。不过，西里伯斯这地名已改为苏拉威西岛，动物的名称则不变，黑猴之外，还有西里伯斯眼镜猴。

我首次认识它时，是在书店里找书，忽然抽出一册《猴子肖像》(*Monkey Portraits*)，封面上是它的半身照，长方形的脸，冠毛高竖，两只大眼斜视右侧，半边露白，牙关咬紧，缩背竖耳，神情带着惊愕。是这封面吸引我，就买下这本由茱儿·格莲贝 (Jill Greenberg) 拍制的摄影集。

黑猴头顶有毛冠，整体黑色，个子健硕，性情其实很温和。我尝试把它缝得出众一些，改成惊愕之后，呵呵，你看我我看你，都不过尔尔。

黑猴（新加坡动物园）

黑猴 （Crested Black Macaque, Sulawesi Crested Macaque）

目	灵长目 Primates
科	猴科 Cercopithecidae
属	猕猴属 *Macaca*
种	黑猴 *M.nigra*
学名	*Macaca nigra* （Desmarest,1822）
栖息地	印尼苏拉威西
保护状况	极危（CE）
体重	7–10公斤
体长	45–60厘米
食物	果实、昆虫

我缝制它们的时候，
想到它们艰苦的生活，
那么纤长的身型，
忽然就想起杰克梅蒂。

Black Langur, White-Headed Langur
黑叶猴 白头叶猴

黑叶猴（深圳野生动物园）

谁的轻功最好？长臂猴和蜘蛛猴，它们在树冠层高来高去？还是冕狐猴，在刺槐丛间跳跃，轻盈潇洒？都是武侠小说里的高手。还有还有，可别漏了黑叶猴(Black Langur)，它们攀爬腾跃的本领，可称绝世，用的是壁虎功。

一般猴子住在树林里、草原上、沼泽区。黑叶猴选择的家园竟是岩石地带，白天出外觅食，晚上回家，沿着石灰岩的峭壁，四肢，加上尾巴，贴附在石面上滑行，一路攀援上山，山上一个个石洞，就是它们夜宿的地方。什么掠食者可以到来偷袭呢？恐怕只有蛇了。山洞内有没有蛇，首领先去探索，安全了，族群鱼贯而入，带着幼仔的母猴往往殿后。早上，也是由首领出外察看，然后全体出行。从上而下，又得施展攀爬的轻功了。我只看到它们几分钟的纪录片，看呆了。

黑叶猴是中国珍猴之一，和金丝猴同样罕少。在广西贵州出没，但栖息地同样被人开发；过去，人们甚至把它们当药吃。它们的生活越来越艰难，食物减少，盛夏又酷热，一旦干旱就更苦，没水可喝。幸好当地的有心人，带了水上山给它们。有时听到内地人虐害动物，近年其实也有人愿意保护动物。

黑叶猴通身黑色，脸颊有白毛，颇像白颊长臂猿，只是多了一条长尾巴。和大多数的叶猴一样，吃的是树叶，要用有三个胃室去化解细菌、纤维素。

它们的幼仔是金黄色的、尾巴却是黑色，一个月后才忽然变身成为黑色，只留下黄色的头，再慢慢蜕变。

白头叶猴 (White-headed Langur) 和黑叶猴也很相似，都很苗条，同样黑色，头顶有火焰式发冠。不过，它们的发冠、颈部，以及半截尾巴，却是白色的，因此曾被认为这是黑叶猴的亚种，但经科学家鉴定，应是不同的物种。

白头叶猴，当地叫花叶猴，好像是唯一由中国生物学家命名的灵长目，现存比黑叶猴更罕少，只有数百只而已，是极度濒危；生态也一如黑叶猴，居住在岩洞上，在广西南部，吃叶，同样擅长攀爬的绝技。

我缝制它们的时候，想到它们艰苦的生活，那么纤长的身型，忽然就想起杰克梅蒂（Alberto Giacometti）。

	黑叶猴（Francois' langur;Black Leaf Monkey; White-sideburned Leaf Monkey）	白头叶猴（White-headed Leaf Monkey）
目	灵长目 Primates	灵长目 Primates
科	猴科 Cercopithecidae	猴科 *Cercopithecidae*
属	乌叶猴属 *Trachypithecus*	乌叶猴属 *Trachypithecus*
种	黑叶猴 *T.francoisi*	白头叶猴 *T. poliocepbalus*
学名	*Tracbypitbecus francoisi*（de Pousargues, 1898）	*Tracbypitbecus poliocepbalus*
栖息地	中国广西、贵州；越南	中国广西、贵州；越南
保护状况	濒危（EN）	极危（CR）
体重	8–10公斤	8–10 公斤
体长	体长50–70厘米，尾长80–90厘米	体长 50–70 厘米，尾长 80–90 厘米
食物	植物、花果	植物、花果

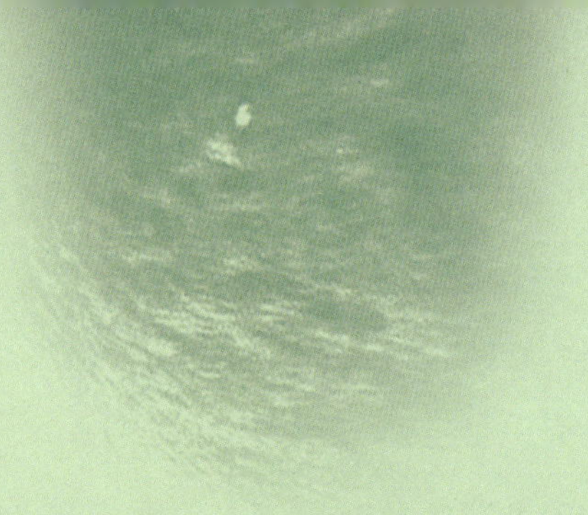

它们不能吃花朵、水果，
因为花果的糖分会发酵，
把食主胀死。

Proboscis
长鼻猴

长鼻猴 (Proboscis) 的特征是一个长得遮盖了嘴巴的大鼻子，以及一个膨胀的大肚皮。长鼻子有何功用？目前仍然不明。至于大肚皮，则和饮食有关。生活在红树林边缘的长鼻猴，吃的是很硬的树叶，要依靠四个胃里的细菌帮助，慢慢消化。这些胃，使它们不能吃花朵、水果，因为花果的糖分会发酵，把食主胀死。所以，长鼻猴可以和其他猴子共同生活，相安无事，因为无需争夺食物。

红树林傍水而生，一旦潮涨，林木即受水道分隔，动物觅食有时得飞跃过河。长鼻猴趾间有蹼，本来能泳，但水里有天敌，还是腾跃过河为妙，不过本领不济，就可能成为鳄鱼的点心。

长鼻猴身披橙红色皮毛，手脚呈灰色，尾巴纯白，长鼻子的是公猴，而且往往挺着一个大肚子。母猴的鼻子则短而尖，体型也较小。公猴体格健硕，是旧大陆大型猴子之一。

长鼻猴属于疣猴类的仰鼻猴属，因为有一个怪鼻子。它们的仰鼻近亲是中国的金丝猴、白臀叶猴 (Douc Langur)、苏门答腊曼泰威岛的猪尾叶猴 (Simakobu)。

长鼻猴虽是父系中心，不过许多家务都由年长母猴主理，像每天出外觅食，母猴领队，猴王慢吞吞地跟在最后。出发时阵容鼎盛，愈走愈分散。到处绿叶，但适合长鼻猴的很少，分布疏落，不能供应大群的食客。猴群于是化整为零，分成小组寻觅。中午时分，它们会在树林里休息七八个小时，让食物消化。傍晚再觅食一次，然后回去睡觉：回到红树林的河边树木上，而不在内陆树林。这习性令人困惑，到现在动物学家仍然找不到满意的解释。

马来西亚山打根拉卜湾有长鼻猴保育中心，每天两次喂饲员会把食物放在喂食台上让长鼻猴到来进食。红树林变小，食物少了，所以食台上坐满食客，怀孕的、带着孩子的、吃得不饱的，都来了。我的朋友拍了几张照片，他说想起了一位法国影星。

午膳时，林中的银叶猴也来了，各取所需，叶猴想吃的是豆荚，喂饲员把长约一尺的豆荚掷向草地，叶猴从老远跑来，逐一捡拾，一手握住七八条豆荚，其中一只还跳上观望楼，就坐在我的旁边吃食，并不怕人。一位洋人摸了它一下，喂饲员立即客气地制止。

长鼻猴（新加坡动物园）

长鼻猴 （Proboscis Monkey）

目	灵长目 Primates
科	猴科 Cercopithecidae
属	长鼻猴属 *Nasalis*
种	长鼻猴 *N.larvatus*
学名	*Nasalis larvatus* （Wurmb,1787）
栖息地	亚洲加里曼丹岛红树林，过去称为婆罗洲，
	如今北部为汶莱、马来西亚的沙劳越、沙巴；南部属于印尼
保护状况	濒危（EN）
体重	雄:24公斤；雌:12公斤
体长	雄:72厘米，尾长75厘米；雌:60厘米
食物	树叶

中国已经失去这种美丽的动物了，
只有越南仍可找到，
但数量急降，
只剩数百只。

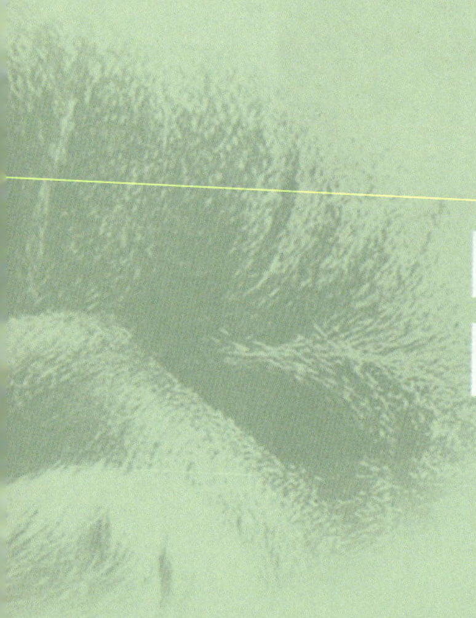

Red-shanked Douc Langur
白臀叶猴

在上海野生动物园金丝猴展区的旁边，是一个相似的展场。也是被水道环绕，中间一片草地，疏落地搭建了几座简单的木亭。数支木柱、一块底板、斜顶盖，耸立在高架上。这是小岛上猴子休息的地方。这里又供给哪一类珍稀的朋友居住？

我看见休憩亭上垂下几条白色的长尾巴，莫不是和金丝猴同样珍罕的国宝？仔细看了一阵，虽然隔着水道，还是认出来了，是白臀叶猴。非常美丽的猴子，被喻为“衣妆猿”(Costumed ape)，因为它们仿佛穿了漂亮的衣裳，色彩缤纷。它们的脸是白色和橘色，颊毛四散，乳色，手、腿上半段和背部是灰色，肢体的另一半为红褐色。头顶如戴黑扁帽，臀部和尾也是白色，是它们的标记。它们只有一属两种：红腿白臀 (Red-shanked Douc Langur) 和黑腿白臀 (Grey-shanked Douc Langur)。

一直说白臀叶猴是中国的特产，居住在海南岛。可是，从来没有人在岛上见过，既没活体，也无标本。中国已经失去这种美丽的动物了，只有越南仍可找到，但数量急降，只剩数百只。早年越战，美军在安南山脉遍洒落叶剂，以应付游击战，导至树叶枯萎，森林变得光秃秃，受害最深的其实是猴子。平日，就算不打仗，它们也会遭人捕杀制药、食用。如今成为高危品种。近年越南政府张贴海报，呼吁民众保护、尊重动物云云，海报上的主角就是白臀叶猴。

白臀叶猴的近亲是长鼻猴、金丝猴和豚尾叶猴 (Simakobu)，同属仰鼻一族，都没有鼻梁，只有朝天的鼻孔。而且，它们都是白臀白尾巴。再仔细看看它们的眼睛，距离甚远，并且全是杏仁的形状，斜斜镶在额角下。

白臀叶猴（新加坡动物园）

红腿白臀叶猴 （白臀叶猴：Red-shanked Douc Langur）

目	灵长目 Primates
科	猴科 Cercopithecidae
属	白臀叶猴属 *Pygathrix*
种	白臀叶猴 *P. nemaeus*
学名	*Pygathrix nemaeus* （Linnaeus,1771）
栖息地	中国海南岛、越南、柬埔寨
保护状况	濒危（EN）
体重	雄：7公斤，雌：5公斤
体长	身高为61–76厘米，尾长56–76厘米，雄性比雌性稍大
食物	鲜叶嫩芽、野果；很少吃昆虫

眼镜叶猴的眼睛并不大，
不过，它们的眼旁有一个白圈，
看来就戴了一副眼镜。

Dusky Langur

眼镜叶猴

眼睛叶猴阿宝：你愿意领养它吗？

眼镜叶猴和眼镜猴是两种不同科目的猴子，前者属于旧世界叶猴属，昼行；后者则属于新世界，是夜行者。而且，眼镜叶猴的眼睛并不大，不过，它们的眼旁有一个白圈，看来就戴了一副眼镜。其实，许多猴子因为欠缺色素，眼睛和嘴巴四周都呈现白圈，像蜘蛛猴、长臂猿等，但只有蓝灰色的叶猴才被称为眼镜猴。英文名称比较清楚，叫 Dusky

Langur。Langur 是叶猴的总称，即 Leaf Monkey，是一个大家族，和长尾猴、疣猴、猕猴等分庭抗礼。叶猴，就是吃叶子的猴。虽然，猴子大多吃树叶，例如长鼻猴。

动物园不准游客给动物喂食，是有理由的，因为动物吃了什么，吃了多少，都会影响健康。譬如某某动物保育中心收到一只患病的眼镜叶猴，经过诊断，原来吃过了香蕉。一般人岂会知道叶猴其实不能吃水果呢？又例如长鼻猴，吃了香甜的水果，可能会胀死。耶诞节的时候，我会收到一些保育中心寄来的单张，呼吁大家帮助动物过快乐的节日，例如英国的 IPPL（英国灵长类保护联盟，International Primate Protection League）会这样写：二十五镑可供叶猴吃新鲜、营养丰富的叶子；十五镑可供卷尾猴吃美味的硬壳果和热带水果；五镑可供动物宝宝买得一条温暖的毛毡。我就决定不要吃什么圣诞大餐了。

眼镜叶猴 （Spectacled Langur, Dusky Leaf Monkey）

目	灵长目 Primates
科	猴科 Cercopithecidae
属	乌叶猴属 *Trachypithecus*
种	眼镜叶猴 *T.obscurus*
学名	*Trachypithecus obscurus* （Reid, 1837）
栖息地	印度、缅甸、马来半岛
保护状况	近危（NT）
体重	4–11公斤
体长	42–68厘米，尾长57–86厘米
食物	树叶、水果、花、水果

世界上不少国家的动物园借养了熊猫，
因为是要归还的，
熊猫成为亲善大使。

Golden Snob-nosed Monkey 金丝猴

在书本上看到金丝猴的照片，奇怪它们的脸面和嘴巴都是蓝色的，嘴唇很厚。这嘴唇，像极了名建筑师设计的多座位沙发。不过，那件后现代家具是鲜红色的。不久，我又见到金丝猴图片，嘴唇竟是粉红色的。不知道有没有设计师制出一个金丝猴彩唇系列的沙发。金丝猴一共有四个品种，中国占三个，越南一个。最近据说发现第五个，是缅甸种；但其实只有少数人在森林里见过。

金丝猴的皮毛极珍贵，过去曾被大量盗猎。如今都面临绝灭。中国的金丝猴以四川较多，是名副其实通体金色，冬天披长毛斗篷式蓑衣，是为川金丝猴 (Golden Snob-nosed Monkey)。黔金丝猴 (Grey Snob-nosed Monkey) 在贵州的凉山，数量最少，它们是金中带灰的色彩。至于云南的滇金丝猴 (Black

Snob-nosed Monkey)，就是大名鼎鼎的红唇一族，毛色是金中带黑，冬天披黑斗篷。世界上不少国家的动物园借养了熊猫，因为是要归还的，熊猫成为亲善大使。可是好像没有一个国家可以借养到任何金丝猴。日本的犬山猿猴中心曾举办金丝猴研讨会，金丝猴曾前往展出，研究一番后就返回中国了，我只看到一个空寂的笼子。

到大陆的动物园去看金丝猴，环境最好的是上海野生动物园，它们生活在河水环绕的小岛上，可以在草坡和林木亭舍间自由活动，跟游客有一段距离，不受干扰。岛的另一半则是白臀叶猴的生活区。都是珍稀的镇园之宝。北京的野生动物园为川金丝猴建了一座相当大的“宫殿”，不但有花园，还有亭台楼阁。楼上是八角形的玻璃建筑，可以登楼观看，猴子在殿内嬉耍，数目很不少，在楼顶铁板上登登登追逐，身手敏捷，有时又攀着绳索跳到玻璃前和你对望。虽有室内游乐场，有些仍然逗留在户外，大概只有零度的气温吧，它们才不怕冷，仿佛欢迎特意来访的稀客。户外，由铁丝围绕。地上有掌状的枯叶，拾起一片递过去，一个母猴快乐地伸手接过，放入口中，吃掉了。另外几只小伙子马上走来，给我给我。多么美丽、活泼的猴子；金黄的毛色，不同的深浅。在笼前坐了许久，不舍得离开。

另一天在北京西郊的动物园，同样看到金丝猴，川的滇的黔的，恰巧是喂饲时间，看到饲养员拿着食物篮走到铁笼边，不是把各种生果、树叶扔进花园，而是伸手逐一逐样单独喂饲，猴爸爸吃了一阵，就递给猴孩子，猴爸爸想伸手取占，饲养员就左闪右闪，让每一只都可以吃到，而且吃得不同的分量。

有一位女子严康慧，十几二十年来，一直在神农架的原始森林，追踪、研究金丝猴，令人佩服也令人羡慕。长期追踪、研究金丝猴，不怕苦，乐而不疲，呼吁保护金丝猴的，还有她的老师任仁眉，以及龙勇诚许多位。因为这些人的努力，中国金丝猴是有希望的。如果年轻数十年，我一定去应征当野生动物园的管理员。

川金丝猴（上海野生动物园）

川金丝猴 （Golden Snub-nosed Monkey）

目	灵长目 Primates
科	疣猴亚科 Colobinae
属	仰鼻猴属 *Rhinopithecus*
种	川金丝猴 *R.roxellana*
学名	Rhinopithecus roxellanae （Milne-Edwards,1870）
栖息地	中国四川、甘肃、秦岭
保护状况	濒危 （EN）
体重	雄：15–17公斤；雌：6.5–10公斤
体长	52–78厘米；尾长想当于体长
食物	植物，花果；冬季地衣，松萝、苔藓等

狒狒喜爱孩子，

母狒约束宝宝的手法，

就是牵住小尾巴，

以免走失。

Hamadryas Baboon
长鬃狒狒

狒狒的体形比猴子健硕高大，一派威风凛凛的模样。可是身材日渐增重，树枝就不好受，只好转而生活在丘陵沙漠地带了。地面多猛兽，狒狒不是猎豹、狮子的敌手，许多都选择在岩顶居住，晚上就睡在悬崖边上。它们以小家庭组合，再集结成群体；家庭成员不太多，是方便觅食；但为了应付掠食者，又必须合群，一致行动。于是狒狒行动时很壮观，上百只聚集，如同行军，年青公狒领队，首领殿后。这是父系社会，一夫多妻，母狒地位最低。

长鬃狒狒 (Hamadryas Baboon)，又名阿拉伯狒狒，以头上大圈鬃毛绕围而名，样貌近似狮尾狒，不过，后者的尾巴像狮尾，末尾长了一截松毛。长鬃狒狒是猴族里的长老，在人类的历史上出现得最早，它们是古埃及的神兽，是书记神图特的侍从，生前备受尊崇，死后则做成木乃伊，葬于皇陵。如今埃及再没有它们踪迹，只落难蜃居在东非山地荒芜的垃圾堆填区。

狒狒喜爱孩子，母狒约束宝宝的手法，就是牵住小尾巴，以免走失。有一部短片纪录狒狒的生活，其中一狒狒看中一只小狗，就肆无忌惮拖着它的小尾巴走，母犬听得小狗汪汪哭叫，却苦无办法。小狗从此成为狒狒的宠物，在狒群中生活、长大。它是狗，不然就成为泰山。

研究黑猩猩的珍·古德纪录黑猩猩时也有写狒狒的段落，那是草原狒狒。原来草原狒狒和黑猩猩在非洲的冈贝常常相遇，遇上了，双方裂齿对峙，尤其是食物稀少的旱季；可有时却又能一起游戏，尤其是小狒狒和小猩猩，可以两小无猜。譬如狒狒 Goblina 和猩猩 Gilka，一直是亲密的友伴。彼此长大后，Goblina 的头胎不幸给黑猩猩群猎杀了，古德说：Gilka 要是在场，也会分一杯羹。这是大自然的规律。以前，我以为黑猩猩只会捕食红疣猴，原来还猎杀小狒狒。以前，我以为狒狒很威武，原来这些主要吃草，也吃昆虫、吃蟹的动物，在非洲生活，同样何等艰苦。

有些猴子受过训练，不管愿意与否，能够为人工作，像恒河猴会跟人流浪卖艺，或者上树采摘椰子。卷尾猴会当护理员，照顾病患和伤残。狒狒呢，据说会牧羊，还会点算羊的数目，如果少了，会到处寻找，把迷途的羊赶回来。猴子摘椰子，我看过影片。至于狒狒牧羊，可不匪夷所思，一般人不是认为它们凶暴可怕吗？

长鬃狒狒（上海野生动物园）

长鬃狒狒／阿拉伯狒狒　（Hamadryas baboon）

目	灵长目 Primates
科	猴科 Cercopithecidae
属	狒狒属 *Papio*
种	长鬃狒狒 *Papio hamadryas*
学名	*Papio hamadryas* （Linnaeus,1758）
栖息地	非洲阿拉伯半岛丘陵及疏草高地
保护状况	安全（LC）
体重	雄性平均18.5–20公斤；雌性平均10–13公斤
体长	雄性：79–95厘米；雌性：50–65厘米
食物	杂食：草、果子、五谷；小型动物

朋友说它像毕加索《阿维容女子》其中一个女子，

不，是毕加索的画像它。

这样美丽、神气，当然吸引访客。

Mandrill
山魈

山魈的体型很特别，和许多动物不一样。大家都是四只脚，譬如马匹，或者猫，从侧面看，由头到尾，清清楚楚，是长方形。山魈呢，看来看去，是四方形。雄性的山魈，个子蛮高，脚长，身长却和腿长相若，加上一张很长的脸，十分有趣。而且，这张长脸，色彩斑斓，红色的鼻子，既像喇叭，又像一朵倒垂的花；鼻子旁边是蓝色的面颊，好像夹层的棉布，细细用线缝好，每一边脸有七条缝线，带出立体的感觉。朋友说它像毕加索《阿维容女子》(*Les Demdiselles d'Avignon*)其中一个女子，不，是毕加索的画像它。这样美丽、神气，当然吸引访客。除了彩色的脸，可不能漏了同样出色的臀部，年轻的山魈呈蓝色，成年的就转换成紫色和红色。

我第一次去看山魈是到广州动物园，没看到，因为被关在二重铁闸内，环境如同残旧的浴室。到上海野生动物园，才看到活泼的山魈一家。它们在有草坡和山石的花园里。有人抛给山魈先生一个苹果，它一手接住，立即塞进嘴里，不咬也不嚼，两眼仍瞪着抛水果的人，这人手拎一袋，显然还有好几个。再抛一个给母山魈，苹果骨碌碌滚下草坡，大山魈一个箭步跑去，抢到了又塞进颊囊，并不分给旁边发愣的母子。到确定再没有水果抛来，才从嘴里掏出来，一手拿着咀嚼。

天气寒冷，我在日本东山动物园的室内看山魈，休憩室内有暖气，遍地是切细了的水果，为什么把食物分撒在地上，而不是盛在碟子里？啊，我明白了，这是为了避免给山魈大王独自霸占了。

山魈属于狒狒类，它的近亲是鬼狒，身形、长相都接近，不过鬼狒是黑沉沉的，没有它艳彩，除了臀部，脸上只有灰色的侧骨比较显眼，因为不受青睐，一直被当作妖怪。它们生活在非洲喀麦隆北面的热带雨林，南部则是山魈的领地。两者可以和平共存，即使偶然相遇，大家面面相觑，充其量叫嚣一轮，露出獠牙，脸面好看就鸣金收兵。

山魈（上海野生动物园）

	山魈 （Mandrill）	鬼狒 （Drill）
目	灵长目 Primates	灵长目 Primates
科	猴科 Cercopithecidae	猴科 Cercopithecidae
属	山魈属 *Mandrillus*	山魈属 *Mandrillus*
种	山魈 *M. sphinx*	山魈 *M. sphinx*
学名	*Mandrillus sphinx* （Linnaeus,1758）	*Mandrillus leucophaeus* （Cuvier,1807）
栖息地	非洲刚果、尼日利亚、喀麦隆	非洲刚果、尼日利亚、喀麦隆
保护状况	易危（VN）	濒危（EN）
体重	雄：19–30公斤；雌：10–15公斤	25公斤
体长	61–81厘米；尾长5.2–7.6厘米	61–76厘米。尾长5–7厘米
食物	水果、坚果、小动物	水果、坚果、小动物

我们已经有一个海洋公园，

听说还会有一个热带雨林，

为什么不可以有一个猿猴公园？

但大前提是现代化的、尽量开放，

少见围栏、铁笼；

而不是为没有犯法的动物多建一个监狱。

何福仁 西西

对谈

动物园

保育中心

何福仁（以下称“何”）：日本名古屋的东山动物园有一只大猩猩过世了，他们就为它设置小小的祭坛，还经常摆上鲜花，我觉得很有意思。

西西（以下称“西”）：很有意思，动物园主要是当地人游憩的地方，尤其是小孩子，游客比例上不多，也许新加坡是例外，香港的海洋公园也是例外，两个地方都成为游客重要的景点，因为没有太多其他的景点。动物园一般不会建设在闹市，我们不会经常去，不像电影院，但和人的生活更密切，电影会不停转换……

何：现在连电影也搬到家里了。

西：动物可不会，大家偶然去一次，看着熟悉的动物长大、老去，小孩子也随着长大，那是一个城市的记忆。某些建筑久了，比如以往的老戏院，就好像有了生命，何况本来就是生灵？东山的做法是认真的，是要孩子知道：珍重生灵。香港的动植物公园有三只红毛猩猩，一次其中一只过世，管理员找到一只替补，好得很，可惜再没做什么。记得有一位退休高官，好像是王永平，说自己每天清早到动植物公园运动，跟几只红毛猩猩面面相觑，彼此熟悉，就像朋友。一只死去后，他就再不忍到公园红毛猩猩那边去了。像王先生那样的人一定还有，也应该有，人和动物相处，是有微妙、互动的感情的，这是这个城市可爱、善良的一面。政府也应该培养这种感情。

何：对，香港不要成为一个没有记忆的地方。对一座有长久历史的建筑我们有记忆，对一只在这里生活超过七年的动物，已成永久居民了，我们也有记忆，不管它的身型大小。倘是动物明星，当然较瞩目，较讨好。我小时候每个周末总跟随母亲到荔园去，荔园是私营游乐场，她看粤剧，我则走去看动物园，看狮子、大象，尤其是那只大象，别人给它香蕉之类，会下跪多谢。许多年长的人都会记得。后来大象死了，我觉得幼年时的一部分记忆也失去了。再后来荔园也关了门。

西：这其实也是现代动物园建立的理想，除了提供娱乐，还要承担教育的作用，让大小朋友见识动物，特别是本地没有的动物，对动物产生感情，从而懂得爱护动物，提高保护环境的意识。香港动植物公园有很多稀有的猿猴，几乎已变成猿猴的

日本名古屋东山动植物园

主题公园了，给我很大的惊喜。此外，我还听过公园举办的讲座，讲红树林，讲环保，这些都很好，猿猴居住的地方都很洁净，树木的布置也有心思，猿猴看来都很愉快，我特别喜欢长臂猿那一家四口，那只黄色的小女孩很可爱。不过我仍嫌笼子太小，因为我根本就不喜欢笼子。我总觉得政府可以投放资源，索性在离岛搞一个像名古屋那样的猿猴主题公园，一定可以吸引更多的游客。香港的气候，不太冷，比日本等地更适合饲养热带雨林的猿猴。我们已经有一个海洋公园，听说还会有一个热带雨林，为什么不可以有一个猿猴公园？但大前提是现代化的、尽量开放，少见围栏、铁笼；而不是为没有犯法的动物多建一个监狱。

何：中国大陆的几乎每个大城市都有动物园，北京有两个，一个动物园，一个野生动物园；上海、南京也各有一个。

西：香港公园里的两只合趾猿不是很可爱么？每天振动喉囊高唱，一公里内的人都会听到，就近的高官，如果没有加装隔声，也应该听到。

何：动物园还应该有保育动物的作用、帮助繁殖濒临绝灭的动物。举一个例子，生活在阿拉伯半岛的阿拉伯长角羚（Ooryx Leucoryu），被长期捕杀，在上世纪60年

棉顶獠狨（新加坡动物园）

代野外只余下三只，两雄一雌，加上私人饲养的十一只，经过保育人士的努力，得以把十三只收集起来，再分置在美国两个动物园里，细心保育，近年已繁殖到接近两千只，挽救了一种美丽的动物。严格的动物园都有动物的血统簿，分隔、交换动物，并且交流讯息，避免近亲繁殖。其实所有动物园都应该做好动物的血统纪录。我还可以举欧洲野牛、穆霍尔瞪羚为例。保育中心，多少是人类的良心，如果没有保育，然后野放，或者划出野外保护区，熊猫、红毛猩猩之类恐怕早就消失了。

西：动物园还有附带的作用：有些动物被挽救出来，或者受了伤、被遗弃，已失去野外谋生的能力，也只能生活在动物园里。在动物园饲养动物的经验，对保育动物也有益处。还有的是，租借稀有的动物到外地去，可以赚钱，回馈同类的保育中心，例如熊猫就是。但当然，它们最好还是经过保育中心的学习，人和动物彼此学习，然后回到野外保护区去。

记得戴安·弗西（Dian Fossey）在《迷雾中的大猩猩》（*Gorillas in the Mist*）里写一只从盗猎挽救回来的小大猩猩，健康恢复之后野放，让它加入其中一个族群，谁知受敌视、被追打，十分可怜，只好把它救回。后来再试，放到另一群没有血缘关系的群体去，这次大家都接纳它。但它只生活了一年，因不断下雨，感染肺炎死了。弗西于是想，让身心都受损的小猿到动物园去，是否较适合呢？最后还是认为应该野放，只要找到适合的环境；它死时是自由的，至少。而且，野放是可行的，不敌天雨罢了。

阿拉伯长角羚很幸运，据美国“棉顶獠狨之后”Anne Savage 说：同一时期，从 60 年代至 70 年代初，单是美国就差不多猎取了三万只棉顶獠狨 (cotton-top tamarine)，集中在生物医学院去做研究。研究有什么结果，我不知道，但它的数目因此大减，如今濒临绝灭。研究需要三万只？要从野外捕猎那么多，而不是在实验室里培育？

何：研究当然需要，这也是动物园的一大功能。写《黑猩猩的政治》(*Chimpanzee Politics*) 等书的荷兰动物行为学家法兰斯 · 德 · 瓦尔 (Frans van Waal) 对黑猩猩、巴诺布 (倭黑猩猩) 的研究，都是长期在动物园观察的成果。

西：是的，他和戴安 · 弗西及珍 · 古德 (Jane Goodall) 不同，她们长期在野外实地观察。德 · 瓦尔解释在比较开放的动物园观察动物行为另有优点：不必花时间寻找它们，可以长时间观察；动物不需找寻食物，也不能离群索居，于是有更密切的社会交往，以黑猩猩为例，从而揭露了它们许多的“政治”行为。另有一点，在野外，许多猿猴之间的事件，往往成为悬案。也许不能一概而论，但针对猿类来说，他的成果无疑更深刻。

何：德 · 瓦尔研究的基地是荷兰阿纳姆的布格斯动物园 (Burgers Zoo)。他指出现代动物园已经从尽量多养动物，转而开出更大的隔离区，贵精不贵多，阿纳姆动物园就是这么一个里程碑，黑猩猩从被关在狭笼，或者穿上衣服准备参加茶会，到自然式圈养区去，那是漫长的发展，但到了这时候，可叹的是猿类在野外已经面临绝灭了。

西：戴安 · 弗西写她研究的大猩猩家族，有一天全家遇害，原来是德国的科隆动物园要买一只幼儿。要抢夺一只小大猩猩，就要杀死它的母亲。半世纪之前，许多动物园的动物就是这样“绑架”回来的；而且只圈养一只，并不人道。

何：如果真要搞动物园，就要搞好的动物园，多从动物的利益着眼，多做教育、保育的工作。慕尼黑海拉布伦动物园园长韦斯拿(Henning Wiesner)认为负责任的动物园的首要任务是教育。他列出动物园的发展，过去是动物展览，将来应该成为保育中心。问题在，我们讲的是理想的动物园，实情呢，恐怕大多不是这样。昨天你给我看的一则外地新闻，就很恐怖。

西：英国一家野生动物园 Knowsley Safari Park，因财政紧绌，把数十只珍贵的狒狒、羚羊等杀死，更曝尸许多天，任由蛆虫滋生，既屠杀，又不尊重死者。一位曾在这动物园工作十年之久的摄影师对老朋友被杀看不过眼，把暴行拍摄，然后寄给当局投诉，并把罪行上网。

何：这类屠杀动物的动物园别以为只发生在落后的第三世界，不幸在欧洲各地都有，在网上经常可以看到这类投诉、抗议。许多动物园，就像图书馆，把没有人借的书放进仓底，最后注销。从这个角度看，有些动物园搞些动物表演，吸引观众赚钱，帮补收入，也就可以理解。动物需要运动，据说有些也喜欢这种运动，譬如海狮、鹦鹉之类，只要不是太难、变态，要老虎跳火圈、袋鼠打拳，这些，在训练的过程，一定用鞭子恫吓，以至虐打。这类表演，由驯兽师自己试试吧，让雄狮把鬃头放进他张大的嘴巴，或者猴子挟着皮鞭，要他不断翻筋斗？

何：动物园的出现至少可以追溯到3500年前的古埃及，法老图特摩斯三世(Thumose Ⅲ)建立动物园，由祭司管理。中国周文王的灵囿，也养了珍禽异兽，看来就是动物园。所罗门王在公元前10世纪也设有豢养了猴子、孔雀之类的地方。然后，到了西罗马帝国，建成了斗兽场，就从各地进口猛兽，当然需要动物园养起来，只不过不是为了观赏，而是为皇帝贵族及群众提供嗜血的娱乐。到17世纪法国建凡尔赛宫时，也建了动物园。其他奥地利、英国的动物园也落成了。这些动物园，有时也开放给平民参观，炫耀一番，但毕竟是私人的、皇家的动物宝库。法国大革命之后，才打破垄断。

西：19世纪末，德国出了一位被称为“现代动物园之父”的卡尔·哈根贝克(Carl Hagenbeck)。

何：哈根贝克最初也是在非洲从事动物买卖，见有利可图，于是组成马戏团，

黑猩猩和西西（北京动物园）

再利用了当年北极探险的热炒新闻，在汉堡仿造了北冰洋的地貌，饲养了北极熊、海豹等等，他鼓吹“开放、没有围栏的动物园”，围栏不是真的没有，只是不要显眼。

西：尽量仿制自然的环境，围栏也不是不要，因为动物也有领地的观念，跟其他分隔开，为了安全，也有归属感，这是它熟悉、安全的地方。而是以河道、壕沟之类分隔动物，计算到动物能跳多高、多远；又为热带的动物建造温室过冬。

何：铁笼尽量不用，铁笼也有大小之别，可以改用玻璃。北京野生动物园把川金丝猴养在铁笼里，铁笼很大，毕竟仍像监牢。那些川金丝猴从一个笼跑到另一个笼，有时玩耍，有时追打，很吵。这种运动看来是需要的，它们也很健硕。我们在笼前坐了许久，有点像探监。冬天了，完全没有其他访客。上海野生动物园呢，养在小岛上，应该是半岛，由水道分隔。让它们在岛上自由走动，虽然距离较远，感觉好得多了。哈根贝克的动物园在1907年开放，成为了后世动物园的起点。一百年

BOS海报

过去，如果仍然用窄小的铁笼饲养动物，动物不舒服，观众也不愉快。当然，这么一来，地方要大，设计要心思，成本增加，私人的经营已经不大可能了。

西：由政府经营，就不应完全是商业考虑，更加需要做好教育、保育等工作。

何：我隔着玻璃向黑猩猩挤眉弄眼，你知道，它们会这样那样的表情。它看着我，那么贴近，那么粗大分明的手指，若有所思，就是没有表情。那些表情的含意，我在书本上看过，在大阪的动物园也看到，这让观众了解，如今我对着北京这位表亲，逐一表现出来，它只是看着我，好像变换了身份，就是没有表情，是我扮得不像么？

西：看到越南这么一张海报，真有意思，上面是一只猴子，下面是几句话，可以把英文译出来吗？

何：试试看："不是宠物，不是药物，更不是你的食物，它是越南部分濒危的自然遗产。"荷兰人在沙劳越（Sarawak）成立保育红毛猩猩的BOS (Borneo Orangutan Survival Foundation)，有一张专为泰国设计的海报，也很有创意。

西：要保护濒危的自然遗产，就必须要维持它们的栖息地，这是生存命脉。

越南海报

我们从马来西亚山打根(Sandakan)市区到史必洛复育中心（Sepilok Orangutan Rehabilitation Centre)，行车一个多小时，沿途只见大片大片的棕榈林，取代了本来的热带雨林，本来是猿猴的家园。

何：伐木一直没有停止过，甚至在国家公园内。德国名记者 Gerd Schuster 愤怒地写，大量非法的伐木工场就堂而皇之设立在国家公园内，并且开出车路，公司的运输车，直接经过由高蒂卡丝 (Birute Galdikas) 所设立保护红毛猩猩的“利基营地”(Camp Leakey)，而以高蒂卡丝女士的名望，近半世纪的工作，面对腐败的官员，也只能哑忍。这在非洲，是同样的情况，甚至更坏，一位主管土地、旅游、自然资源的刚果高官，主持完国际保护濒危动物的会议开幕 (2005 年)，转头就签署法例，开放捕捉、射杀受公约保护的濒危动物，更明码实价，杀一只大猩猩，当时是六百分之一，只需五百美元；活捉，一千美元。科学家大声抗议么，他们，以及他们来学习、研究的学生，签证就有麻烦。

珍·古德跟经营棕榈油、木材的商家周旋，多少可以理解。她认为要解决困局，不得不改变策略，令资本家“尴尬”既然不可行，倒不如通过协商；这做法当然被另外一些环保人士指责为“割地赔款”。

西：问题真不简单，主要是钱作怪，贫苦的当地人要温饱、资本家又贪得无厌。这些投资的商人，往往是外来的。我们知道加强教育，建立环保观念，破除某些动物可以药用的迷思，解除某些动物可恶可怕的误解，都是最基本的工夫。但当地人的生活也得帮助，帮助不行，他们盗猎猿猴，或者当伐木工，是为了生活，不然立什么法也只能治标。你不能叫没饭吃的人守“华盛顿公约”(1973 年)，保护动物。人和动物要并存，而不是对立。发展旅游未尝不是“必须之罪”(Evil of Necessity)。有些人反对搞旅游，认为不要干扰动物，戴安·弗西就反对让游客参观山地大猩猩。但好的旅游活动，也可以是教育，就像保育中心，不妨多收费，为当地人提供工作机会，像沙劳越、婆罗洲等地。可以做猿猴的玩具、商品之类。当地的水果、土产也可以有出路。总之，让当地人明白珍稀猿猴是资产，把它们捕杀，以至绝灭，多么短视呢。但必须强调，要搞的是，好的、有教育意义的旅游，而不是破坏生态那种，这在中国，是否难乎其难呢?

何：当然还需要稳定的政治，不过隔离始终不是办法。弗西也是第一次到非洲旅游时看见大猩猩，大受感动，从而决心放弃治疗师的职业，应理基的征召，到非洲去。到保育中心的游客，看见这些善良的近亲，多了一点认识，十之八九不会希望它们从此消失。这就有作用。这其实关系一个国家、一个地方的形象，甘地大概说过：一个国家的质素，就看它怎样对待自己的动物。

何：到马来西亚沙巴的史必洛保育中心看红毛猩猩，是不同的经验。保育中心收留的大多是受过伤，或者被人捕捉后养过一些日子的动物、禽鸟，医疗、教育——幼年的，要教它们爬树，找寻、辨认食物，野外生存的技巧，两三年后才算“结业”。再野放到附近的保护森林。有些，就在中心里出生。这些都是半野生的猿。训练一点都不容易，何况收养的，往往是孤儿。

西：一早失去母亲，甚至亲眼看见母亲被杀，身心都大受损害。要恢复它们身心的健康，还要设计各种游戏，重新建立它们对树林的好奇、生活的兴趣。

何：每天早上、傍晚喂食两次。饲养员把香蕉、牛奶等放在平台上，发出叫声呼唤，它们可以来，更可以不来。游客这个时候可以在观看台上远看。我们前后去了两次。

红毛猩猩喂食时间（马来西亚史必洛保育中心）

第一次，下午去。

西：早上去最好。

何：下午去，是因为在山打根入境时胡胡涂涂，没有签证盖章，就走出关外了。在门外想想，怎么已经入了境？不对，走回去问问，要明天一早来重新办理。

西：下午，我们去的时候，在栈道的观看台上等了许久，一直没有红毛猩猩到来，游客，绝大部分是欧美人，纳闷不已。不出现，其实是好现象，说明它们自己找到食物。有些，特别是成长的，偶然来来，最后可能再不来了。红毛猩猩大多独来独去，跟其他喜欢群体的猿类不同。红毛猩猩一直被认为喜欢独居，或者母子两个，但荷兰的史密斯（Willie Smits）存疑，他认为这可能是食物不足的缘故。换言之，如果环境许可，它们还是乐于群居的。无论如何，这是七月的大热天，倒不如午睡。正要离开，一只看来只有三四岁的小伙子出现了，在遥远的树林一路攀树过来。大家静静，不要喧吵。它在平台上吃了几口，喝牛奶，索性把双腿踩进牛奶盆里，嘴巴含了一瓣香蕉，像表演杂技，在我们头顶的绳索，左右手交替，游走了一圈。时而倒过来，停定，单手单脚抓着绳索，瞄着观众。大家看得不够么，它再走一圈。

何：终于有人拍手了。

西：早上再去，走进中心，抬头已见一两只红毛猩猩在高树上，到了喂食时间，一群从丛林的四方八面援攀而来，有大有小。有的就坐在台上吃食，喝盆里的牛奶；有的，拎了一梳香蕉走开，靠在高树上享用。身躯太庞大了，动作并不敏捷，至少比不上长臂猿、蜘蛛猴。但力量真不小，饲养员掏出一只榴莲，其中一只连忙下来伸手要，再回到高树上，一掰就撕开了。

何：它们各有名字，这个大力士，饲养员叫它的名字，听不清楚，后来在小卖部旁边的展板上查查，应该是Manap。

西：拉卜湾长鼻猴保育区(Labuk Bay Proboscis Monkey Sanctuary)跟史必洛相近。观众在楼台上，距离喂食台较远，一大群长鼻猴从树林走上喂食台，吃什么呢？叶子、青瓜，还有切细了的面包，样子很特别的猴子，眼睛小，却有一个大鼻子，而且挺着大肚子。不多久，饲养员发出尖叫，几只银叶猴从老远走来，身手很敏捷，饲养员向草地抛出好几串豆角，它们逐一捡拾起来，有的手上拎了几条，其中一只，甚至攀上楼台上，走到观众旁边，饲养员也给它一串，就坐在台上咀嚼。一个洋妞伸手抚了它一下，马上被饲养员喝止。而喂食台上的长鼻猴转眼已经消失得无影无踪了。

何：沙劳越古晋的实蒙谷野生动物保育中心 (Semenggoh Wildlife Centre) 跟史必洛相似，同样保育的主要是红毛猩猩。这里有一个猪笼草的植物园，这些食肉的植物原来有许多种。

峇哥国家公园 (Bako National Park)，那是一个小岛，要坐船半小时。潮退时，还要涉水上岸。岛上的雨林有长鼻猴、银叶猴、猕猴，还有其他。岛上有供游客住宿的地方。因为水退，长鼻猴出现了，在树林里走下沙滩，一只跟着一只，去吃岸边的嫩叶。我们在木搭的走道上静静地观看，很遥远。长鼻猴很怕人，一旦看见有人，就会马上溜回树林。也看见一些愉快的银叶猴，在追逐玩耍。然后在食堂后面，看见两只野猪，走进林间，有人停下来专注小路旁的树木，什么？原来树上有一条青蛇。在树叶间有一层青绿的保护色，岂不危险！

这个小岛，最愉快的大概是猕猴。午饭的时候，几只猕猴从丛林走来，其中一只，觑准一位洋人桌上的苹果，一个箭步攀上桌面拎了就走……

西：保育中心都设立在热带雨林里，婆罗洲热带雨林的面积紧次于亚马逊雲

实蒙谷野生动物园保育中心

了，让我体验到真正的热带雨林是怎么个样子，这不仅是猿猴生活的地方，失去了，其实也是人类的悲剧。我们还去看难得盛开的大红花，对我来说，也是很大的冒险，因为树林里根本没有路，我们甚至迷了路，但还是值得的。

名古屋的犬山猿猴公园以猿猴做主题，好像是亚洲唯一的一个。那里生活得最惬意的，应该是松鼠猴了，它们生活在一个小半岛上，只除了通道的入口，三面环水，不用围栏、笼子，至少这些都不显眼。而用水分隔，对大多数不会游泳的猿猴，水分法是最好的了。岛上移植了树木，成为一个小树林，松鼠猴在矮树上追逐游戏、吃树木的果子。事实上，野外的猴子总在不停地吃东西，而且是自己寻找，不是限定了时间，每天两次。

何：那是人的时间，而不是动物的时间，是行政的考虑，也是给观众看的秀。

西：逐渐改变了它们吃食的习惯，也失去寻找、发现的乐趣，变成饭来张口。这里的松鼠猴多么愉快哩。一个管理员在看守，很和气，她看来也很愉快。她让我们走入小岛，近看这些小猴子，不触摸它们就是了，它们也不怕人、不理人。

犬山的猴子谷还有一个特别的地方，我们看到管理员在谷里燃烧一大块树木。十二月，天气很冷，大概只有摄氏五六度，但别以为这是给猴子取暖，而是让猴子捡吃灰炭，这帮助它们消化。例如鳄鱼、驼鸟之类会吃小石子。红毛猩猩大量吃叶，但有四个胃囊帮助消化。又例如南美洲的绯红金刚鹦鹉（Scarlet Macaw）会连群结队吃泥土早餐，是为了吸收生物硷毒素（alkaloid toxins），帮助解毒。

但猿猴公园的长臂猿生活在笼子里，地方较小，这就不好。这些喜欢舒伸长臂，在树干一左一右摆荡游走的灵长目，也许天气冷了，都呆呆地坐在一角。合趾猿也是生活在铁笼里，不过地方可大得多，可以从一个大笼走到另一个大笼，中间的通道是开放的，在半空，合趾猿可以来去耍杂技。

狐猴有一个开放的室外运动场，四边有暖炉，这些热带动物怕冷。但比较上海的狐猴岛，这里的环尾狐猴较瘦，也不大活动，当然天冷也是因素。环尾狐猴驯良，友善，容易饲养。上海野生动物园的狐猴岛，也用开放式，不用铁笼，在草地上搭了几座离地的小屋，由木干支撑。环尾狐猴都很活泼、健壮，这是最成功的了。到上海时是九月底，天气和暖得多。我们向饲养员买了些香蕉喂它们，有些甚至毫不客气爬上我的肩上、头上，它们的手脚很纤细、柔软，没有指甲，不会伤害人。

何：我留意到其中一只也不向人取食，像守卫，只在监视有否别的家族入侵，发现了一只，它就尖声斥责，从一棵树追打到远远的另一棵树去。然后很神气地回来，继续执行它的任务。

西：想来让游客胡乱喂饲动物其实是不妥的，饲养员怎么知道它们吃了什么、吃了多少？在上海，一只黑猩猩就在运动场里捡拾汽水瓶，这个试试，那个试试。在北京，同样看见中国游客向铁笼里的卷尾猴扔糖果。禁不了，只好让你买指定的东西。日本偶然也有的让你投下钱币，取出指定的食物，钱箱并没有人看管，在中国大陆，可以这样信任游客吗？但日本动物园大多不许喂食，违者罚款。

何：东山的狒狒馆，游客可以和馆里的狒狒角力，有一个特别的机器，一条绳索伸向两方，狒狒拉胜了，就有零食投下。所以一只大狒狒一见有人到来，就霸占位置，向人挑战。

西：犬山的南美夜行猴馆很隐蔽，几乎错过了，有空调，光线也暗，也不得不暗，夜行的懒猴、眼镜猴等，大多是小动物。北京的动物园、野生动物园同样也有夜行动物馆，光线也暗。最好的还是大阪的，光线虽暗，说明却有灯光。我一直有一个疑问，这些在黑夜活动的动物，岂不是没有白天的么？访客到来，岂不是打扰清梦

 了么？原来动物园黄昏休馆后，夜行动物馆就灯光齐明，让它们以为是白天。它们的日夜跟我们颠倒了。

看日本东山动物园的喂食，是先把猴子驱到室外运动场去，然后把食物撒在地上，而不是放在盘碟里，好处是让所有猴子，不管大小都可以捡吃，以免个别把食物独占。问题在地面必须勤加清洁才好。北京的野生动物园也是这样，把食物撒在地上，地上又很潮湿，却予人不够清洁的感觉。

何：东山那只银背大猩猩，大概被驱到室外去，又或者等吃等得急了，老大不高兴，靠在关闭的小门口，大力地拍打胸腔，蓬蓬蓬！我们老远就听到；又不停大力摇头。连它的同伴也远远走开。门口开了，食物原来分别放在几个吊篮上，都是疏果之类，它们安静地吃起来。

前面说北京的野生动物园让人感觉不够清洁，还有一点，分隔的玻璃大多没有拭抹，模糊不清，不利观众，我拎着照相机，感受最深。

西：东山还有一个很精彩的树熊馆，树熊较难饲养，因为吃的是桉树叶，馆有空调，分置人工树干，在树干旁插上桉树叶，树熊一家就各攀在一栋树干上细嚼，也有的抱着树干睡觉。整个馆整洁、清晰。整洁、清晰，的确很重要。

何：大阪的动物园也在营建这么一个树熊馆，还在布置，已经开放了。

西：大阪的动物园较小，但也有可观，黑猩猩的室外运动场就搭建得较高，黑猩猩可以居高临下，背景绘上森林的景色。大猩猩、黑猩猩等领袖，每天清早习惯先走到最高处，四周瞄瞄，像视察自己的地盘，然后才开始一天的作息。

大阪还有一个很特别的蝙蝠馆，养了一大群蝙蝠，这是一般动物园没有的。

何：这动物园还出双月刊，共四版，有小朋友的画作和文章、饲养员的心得，报道动物的情况、赞助人等等。

西：还有一个开放的图书馆，收了各种动物的图书。要做好教育工作，动物园都应该有这些。

何：新加坡的动物园也许是现代动物园的典范吧。各种配套固然完善，虽然照例设在市区外，但交通方便。不像中国内地，去了还要头痛怎么回来；因为访客少，恶性循环，园里的餐厅，并不常开，动物和工作人员，也显得无精打采。访客多了，于是各种动物商品、书籍也就搞活了。新加坡的晚间动物园，商品、书籍就很丰富。

天王寺動物園
TENNOJI ZOO
あけましておめでとうございます
2011
天王寺公園・天王寺動物園
大阪市天王寺動物園

日本大阪天王寺动物园

而最重要的，新加坡的动物大多都能够生活在相对自由的空间，只有个别像白耳狨住在笼子里，其他都是开放式的，动物园用水道分隔，有些，根本就不用分隔，就在观众旁边，让它们在树丛里追逐玩耍。

西：我们看红腿白臀叶猴、赤猴、长臂猴、卷尾猴、蜘蛛猴等等，不是很愉快么？曾有人批评它的“和红毛猩猩早餐”的做法，我看无可厚非，做法也改进了，用生果、树叶吸引红毛猩猩到来，容许游客就近拍照，并不触摸它们，避免带给它们病毒。

何：园里甚至有所谓 Happy Wanderers 的狐猴，让它们自由游走，意念好极了，我瞥见一只，正想追踪，已经消失在树丛间。这动物园很成功，很能吸引观众。它并不号称“野生”。有些地方号称“野生动物园”，却是一个个铁笼。我对深圳野生动物园就很失望，动物不只住在铁笼，而且地方狭小，有些笼里的猕猴，颈上还有铁链，可能是耍马戏的演员吧，真惨。

西：一只黑猩猩自己在玻璃笼子里，陪伴它的是两个车胎；另外一只红毛猩猩，没有树可以攀爬，抑郁地坐在另外一个玻璃笼子里。它们是在坐牢，像犯了重罪，终身单独收监。深圳野生动物园最值得称赞的，是长臂猿岛的布置，远胜日本，甚至比上海野生动物园也胜一筹，长臂猿分别生活在三个小岛上，有树木、屋舍，由水道环绕。白颊长臂猿在树木上互相梳理，时而走下草地，举起双手小跑，动作很谐趣。

何：那只稀有的白眉长臂猿，胖得不得了，水边有些高大的禽鸟，相安共存，大家看来都很满意。野外本来就是这样。如果整个动物园都这样建设就好了。

西：否则，还是不要再增加动物园，就在监狱里增设什么野性动物囚室算了。

何：中国一位曾进入亚马逊雨林考察接近两年的生态学家张树义，写了本《野性亚马逊》，全书收结说自己有一个希望，这希望来自一次参观美国芝加哥野生动物园。那动物园建了一个模仿南美丛林的微缩景观，里面有卷尾猴、蜘蛛猴、狮面狨等等，而且还会“雷雨”交加，“大雨”一下，动物立即活跃起来。他自称走遍内地的动物园、野生动物园，他说普遍有两大特点：第一是脏；第二是“对动物的虐待，至少说是不尊重”。老虎、狮子关在窄笼里，草食动物与它的天敌结邻，前者要吓死，后者要馋死。于是他希望：有朝一日在中国内地见到这么一个亚马逊雨林微缩景观。

西：这，也是我们的希望。

黑猩猩

巴诺布

大猩猩

猿类

红毛猩猩

合趾猿

长臂猿

它们是树林的隐者，

只与至亲相伴，

通常是一父一母一幼仔，

在深山密林中生活。

Hylobate
长臂猿

长臂猿是一科很特别的动物，永远露出一副忧郁的面容，双手抱膝而坐。它们个性孤独，不合群，几时见过一大群长臂猿如同狒狒般集体行军，或像猕猴般纠众争夺地盘和食物？它们是树林的隐者，只与至亲相伴，通常是一父一母一幼仔，在深山密林中生活。而且一夫一妻终生厮守，失去伴侣者，往往抑郁而殁。

印象中，长臂猿有九种，现在知道竟有十六种。以前，所有长臂猿的属名都叫 Hylobates，如今分为三个独立的属。用什么标准呢？是根据不同的染色体和鸣叫模式：三十八个染色体的白眉长臂猿归入 Bunopithecus 属，四十四个染色体的长臂猿归入 Hylobates 属，五十二个染色体的黑长臂猿归入 Nomorseus 属。

年幼的小猿异常趣致、活泼，很讨人疼爱，但养为宠物，却是错误的行为，小猿长大，就像其他的猿类，不但妒忌，又非常敏感、情绪化，饲主对家人或猫狗表示关心，它就会攻击咬人。最后，成为暴躁而危险的怪物。其实那是成长的焦虑，猿类长大了，会要求过独立、自主的生活。本来是山林里隐逸而自得的歌手，何苦受人干扰，成为囚犯？早年游三峡，先在万县留宿，翌日才起航，朝辞白帝彩云间；可是万重山过完，两岸就是听不到猿声。我们好像失去了许许多多动听的唐诗宋词。

我很喜欢长臂猿，所以缝的是白眉长臂猿 (Hoolock Gibbon)。它们就像僧面猴，都是雌雄异色，即是不同性别的同一品种，颜色面貌都不一样。公猿多是黑褐色，头顶有冠毛；母猿则是浅黄色，头有色斑。眉毛左右分布，中间不相连。白眉长臂猿如今在中国云南野外，不足一百只。我曾在新加坡和深圳的动物园见过，幸好都并非囚禁在小笼里。

灵长目动物宝宝中，我最喜欢大猩猩、红毛猩猩和长臂猿。如今，黄昏时在曼谷的街头，仍有人抱着小长臂猿，游说游客拍照，以收取小费。它们的父母呢？为了捕捉这些可爱的珍稀生物，恐怕给杀害了。

白眉长臂猿（深圳野生动物园）

白眉长臂猿 （Hoolock Gibbon）

目	灵长目 Primates
科	长臂猿科 Hylobatidae
属	长臂猿属 *Hoolock*
种	白眉长臂猿 *H.hoolock*
学名	*Hoolock hoolock* （Linnaeus,1771）
栖息地	中国云南
保护状况	濒危（EN）
体重	5–6公斤
体长	45–65厘米
食物	野果、嫩芽、嫩叶；昆虫、鸟蛋

它们仍是继续高歌，
早晚把心声传送出去，
每次不停地演唱一两小时。

Siamang
合趾猿

步上香港动植物公园的弯曲小径，已经听到高昂的呼号。声音嘹亮，方圆一里之内肯定天天收到它们的讯息，不是通过电脑的网络，而是经空气传送。它们说什么呢？Whoop Whoop，Hohoho，Ahahah。早安啊，你们好，我们已经睡醒了，准备吃早餐了。或者，它们说的是：这里是我们的领地，请勿入侵。

到了公园内，才知道合唱的是一对合趾猿。如果在树林里，肯定是一呼百应，一众猿猴都会参予，和自然的天籁融汇成大合奏。可是公园里没有其他的歌者，合趾猿得不到朋友的回音。即使这样，它们仍是继续高歌，早晚把心声传送出去，每次不停地演唱一两小时。

合趾猿 (Siamang) 是长臂猿中身型最大的一属，通体乌黑，毛发蓬松。它的第二第三脚趾是相连的，所以得名。它们又叫大长臂猿，或者，马来西亚长臂猿，因为它们的故乡是马来半岛、苏门答腊。中国只有长臂猿，没有合趾猿，所以两岸啼不住的歌唱家不是它们。但无论在什么地方，哪怕是监牢似的狭笼里，天才的歌手是禁不住的。它们的喉部有一个声囊，唱起歌来，声囊会像汽球一样膨胀，几乎胀得比脑袋还要大。那声囊是灰色的，有时甚至是粉红色的，看见这种颜色的人大概很少了。我想到青蛙歌唱时的样子。有的青蛙好像会胀被了皮囊，合趾猿不会的吧。

长臂猿的属名是 Hylobates，意思是树居者。既然重量级的红毛猩猩也能在树上生活，合趾猿当然可以，只要雨林没有消失。和长臂猿一样，它也是高傲的生灵，住在树上，而且是树的顶层；也同样是一夫一妻，如果找不到合意的伴侣，Hohoho，Ahahah，它说它宁当单身贵族。

合趾猿（香港动植物公园）

合趾猿 （Siamang）

目	灵长目 Primates
科	长臂猿科 Hylobatidae
属	合趾猿属 *Symphalangus* （Gloger,1841）
种	合趾猿 *S. syndactylus*
学名	*Symphalangus syndactylus* （Raffles,1821）
栖息地	苏门答腊、马来半岛
保护状况	濒危（EN）
体重	14公斤
体长	50—55厘米
食物	树叶、水果

它降落在平台上，
随便吃些香蕉、喝几口牛奶，
与其说是来取吃，
倒像是来看看它的饲养朋友。

Orangatan 红毛猩猩

热带雨林是什么样子，红毛猩猩在雨林中活动又是什么样子，我决定去看看。动物园里没有雨林，即使是野生动物园，也没有真正的热带雨林，只不过多了一些树而已。那么，必须到像样的保育中心去。

住在香港也有好处，要看在林中自由往来的红毛猩猩 (Orangutan) 并不困难，因为它们的家乡就在东南亚，在婆罗洲，在苏门答腊；在马来西亚，在印尼。从香港到红毛猩猩的故乡，乘搭飞机，只需三小时吧，如果是马达加斯加，就远了。

我的选择是容易抵达的史必洛保育中心，在山打根；实蒙谷野生动物保育中心，在沙劳越；野生动物园，在新加坡。三处都在马来半岛。保育中心主要是保护受伤、被遗弃、被囚困，以及失去母亲的孤儿，负责医治和扶育，希望它们康复后、学习、长大，可以野放，返回雨林。在保育中心的幼儿，要从幼稚班、小学、中学，一步一步学习如何成一头猩猩，而不是倚赖人类变成圈养的宠物。红毛猩猩母子情深，母亲带孩子，一带就是十年八年；而且相依为命，并不合群。在这段日子，母亲会教子女如何爬树、如何每晚在树上做窝、辨识食物、牢记果树的位置、开花结果的季节、如何躲避毒蛇和鳄鱼之类，以至水灾和火灾，等等。一旦变成孤儿，这一切就得靠保育中心的保姆来教导了。能否真正回到雨林，重新适应野外的生活，还得看它们个别的心理和生理的素质。中小学结业时，成绩总有好有坏。有的，永远都没法毕业。试过有野放的动物摘到香蕉却扔掉了，因为中心提供的香蕉都已剥皮，切成块状，和树上生长的样貌完全不同。这么一来，中心的老师于是也知道香蕉不用去皮了，真是教学相长。

到保育中心参观，并不容许进入校园的范围，避免病菌的传染。观者只可在指定的栈道上观看，大约开放半小时。饲养员带来水果和牛奶，放在平台上，发出呼唤。猩猩由丛林攀沿树木而来。第一次在史必洛，只有一只少年猩猩出现。它降落在平台上，随便吃些香蕉、喝几口牛奶，与其说是来取吃，不如说是来看看它的饲养朋友。然后来来去去表演它学来的攀树本领。其实这是好事，表示其他的猩猩都能找到食物，可以自食其力了。

保育中心设在热带雨林，我终于知道雨林是什么样子：许多许多密密麻麻的常绿乔木，空气湿润、清新，不冷，其实也不太热。自由自在的红毛猩猩在林中闲荡，世界本该这样子。

红毛猩猩（新加坡动物园）

红毛猩猩 （猩猩；Organutan）

目	灵长目 Primates	
科	人科 Hominidae	
属	猩猩属 *Pongo*	
种	*P.pygmaeus* (Lacépède,1799)	
	婆罗洲红毛猩猩*Pongo pygmaeus*	苏门答腊红毛猩猩*Pongo abelii*
学名	*Pongo borneo* (Lacépède,1799)	*Pongo abeli*
	(= *Simia pygmaeus*, Linnaeus,1760)	（Lesson,1827）
栖息地	婆罗洲	苏门答腊
保护状况	濒危（EN）	极危（CR）
体重	雄：59–91公斤；雌：40–45公斤	
体长	雄：95厘米；雌：75厘米	
食物	水果、树叶、嫩枝、树皮；小昆虫	

Digit被杀害了，

身上有五个矛枪的伤口，

头胪和双手被斩去。

Gorilla 大猩猩

我没有缝一只银背大猩猩，只缝了一只小猩猩，它的名字叫 Mwelu。怪怪的名字，是不是？名字不是我起的，这样叫它的是在非洲冈贝研究大猩猩的黛安·弗西。我要告诉你的，是 Mwelu 的故事。它的父亲名叫 Digit，因为少了一只手指。1977 年，Digit 的家族共有十一名成员。除银背首领外，Digit 和 Tiger 是成年的雄猿，族中的得力助手，负责防务，在离家族稍远的地方看守。其他成员就在蔚蓝的晴空下，躺在草坡上休息，母亲姊妹们互相梳理毛发，小猩猩追逐玩耍。大猩猩虽然是灵长类里的大块头，但吃素，与世无争，大家都生活得很好。

大家都生活得很好，是的，要不是有人猎杀它们。黛安·弗西在冈贝追踪、研究好几个大猩猩的族群，Digit 它们是其中一个。但有好几天没有 Digit 它们的踪影，不知移动到了哪里。有点担忧，于是四处找寻。结果有人回报，Digit 被杀害了，身上有五个矛枪的伤口，头胪和双手被斩去。头和手都可以卖钱，但盗猎者主要的目标，其实是族群里的小猩猩，那才珍贵，不过要绑架小猩猩，先要对付成年的，尤其是放哨的雄猩猩，它们并不退缩。Digit 要对抗六名手执长矛的敌人和恶犬，壮烈牺牲。

Digit 拯救了其他的亲属，以及怀孕的伴侣。盗匪后来被逐一缉捕了。三个月后，那怀孕的母亲诞下长着美丽的眼睫毛的女孩，就是 Mwelu。Mwelu 从来没有见过父亲，父亲也没有见过 Mwelu。大猩猩的大眼睛有睫毛吗？有的，而且的确是美丽的眼睫毛。但大猩猩会流眼泪吗？不会，Digit 就不会，它不停地流的是血。

发脾气的大猩猩（大阪天王寺动物园）

大猩猩（山地大猩猩，Mountain Gorilla）

目	灵长目 Primates
科	人科 Hominidae
属	大猩猩属 *Gorilla*（I.Geoffroy,1852）
种	山地大猩猩 *G. gorilla*
学名	*Gorilla beringei beringei*（Marschie,1914）
栖息地	非洲刚果、卢旺达、乌干达交界高地树林
保护状况	极危（CR）
体重	雄：140–200公斤；雌：100公斤。银背可达230公斤
体长	雄：1.65–1.75米；雌：1.4米。银背可达1.8米
食物	纯素食：树叶、树皮、树根、草莓

专家告诉我们，

可以从头发分辨它们，

因为巴诺布的头发是中间分界的。

Bonobo
巴诺布

参观过十多个动物园，一次也没有见到巴诺布 (Bonobo)。它究竟是什么动物？其实，也不是特别的怪兽，黑猩猩而已。黑猩猩人人认得，那是珍·古德研究多年的人类近亲。巴诺布也是一种黑猩猩，在 1929 年才分为独立的类别，而且有了自己的名字，被称为倭黑猩猩。一般来说，两种黑猩猩的模样、颜色，没有分别。巴诺布只是身型纤瘦些。专家告诉我们，可以从头发分辨它们，因为巴诺布的头发是中间分界的。

最大的分别，其实是两者的性格。成长的黑猩猩是相当世故的灵长目，情绪化、易怒、富攻击性、争权、欺诈，还会联群结党，设置陷阱围捕其他小猴，再按社会地位分吃。它们和狮、豹的分别是，狮、豹并不吃水果树叶罢了。巴诺布呢，相对地单纯得多，是群喜欢和平的家伙。就像当年三藩市的嬉皮士花童 (Flower Children) 的口号：做爱，不作战。它们其实连口号也不会喊，而是真的身体力行。在巴诺布的社会中，一切难题都以性爱来解决，不管难题是异性之间、同性之间，以至另一族群。黑猩猩解决内部的难题是争斗，是“政治”，外部呢，则是血腥的战争。

巴诺布群体奉行开放式的多夫多妻制，自由恋爱，没有所谓后宫，孩子是族群的共有资产，其实也因为不知亲父，所以并不杀婴。杀死没有血缘的幼婴，从狮子到大猩猩、黑猩猩，是雄性社会自私的基因作祟；只有巴诺布是例外。它们的社会，由雌性当家作主。

两种黑猩猩，在所有灵长目中跟人类最接近，性格却南北两极，这难道真的是人性的两面？

西西绘

巴诺布 （倭黑猩猩、侏儒黑猩猩；Bonobo, Pygmy Chimpanzee）

目	灵长目 Primates
科	人科 Hominidae
属	黑猩猩属 *Pan*
种	倭黑猩猩 *P. paniscus*
学名	*Pan paniscus*（Schwarz,1929）
栖息地	非洲刚果河以南
保护状况	濒危（EN）
体重	雄：40公斤；雌：31公斤
体长	70–83厘米
食物	水果、树叶、蜜糖；白蚁、小动物

它们每天都在争斗，

然后和解，

再争斗。

Chimpanzee
黑猩猩

我常常看电视的连续片集，但不是由知名演员演出的戏剧，而是动物生活的纪录。这些片集也是连续式的，剪辑成若干集，分期播出，没有曲折离奇的情节，也没有华丽的服饰和布景，不过是动物动态的追踪，吸引我的其实只是动物间芝麻绿豆的小事，个别家族成员的喜怒哀乐，挣扎、争斗。最早看的是珍·古德和黑猩猩 (Chimpanzee)，记忆深刻，因为其中一只名叫佛洛伊德。这家族的名字都以 F 为首，所以我认识了弗洛伊德的母亲、兄弟等一众成员，Flo、Frodo、Figan、Faben、Fiti、Flint, 等等。有角色就有故事。成年的雄黑猩猩最爱“演武”：拍打身体、挥舞树枝、绕圈狂奔、竖起毛发、大声吼叫。它们又会纠众捕猎，杀戮疣猴分食。记得第一次在荧幕上看见它们布阵猎杀其他猴子，大概十多年前，十分震惊，原来它们并不一定素食，而且残忍。然后又看到它们在族群里勾心斗角，为了谋夺首领之位，会处心积虑，会合纵连横。而年幼的猩猩则呈现天真趣致的另一面，它们愉快地游戏，一只搭着一只的肩膀，排成一部火车，或者跳上叔叔伯伯的背脊，搭一阵顺风车。所有年幼的动物都是可爱、友善的，不过成年后的黑猩猩好像有极大的反差。而它们的基因最接近人类。

近年，我才陆续读到珍·古德自己的著作，大多耳熟能详了；再读到德·瓦尔对黑猩猩种种争权谋略的纪录，也已见怪不怪了。这是它们的禀性，知道了，反而多一分无可奈何的同情，它们不能离群，可是生活在族群里，那种压力，却不是常人可以承担，每天都在争斗，然后和解，再争斗。而它们不会为自己的行径找借口。

在另外一部连续纪录片中，则记述了南非一个年轻人，如何艰苦地拯救被囚、身心受伤的黑猩猩，逐一把它们带到自己出钱出力经营的保育中心。在那里，比较它们原先的铁笼，无疑是天堂。但即使这样，聪明的黑猩猩还是会逃亡的，它们天生爱树林，渴望自由。它们在敷设电网的地下，偷偷挖出一条隧道，穿过房舍天花的气窗逃出去，它们懂得开锁，十多只一起逃走，像巴比龙（Papillon）。

我当然也看过真正的黑猩猩，在不同地方的动物园，大多是孤独的多，心情稍好的，还会拿个车胎滚两下，不然，就坐在墙角发呆。上次在上海动物园，一只黑猩猩坐在玻璃窗旁边，贴近地，和我对望。我的手可以触碰它的手，只是隔了一层冰冷的玻璃。它在想些什么呢？

最近一次在荧幕上看见黑猩猩而深刻难忘的，是 Michael Jackson 的泡泡(Bubbles)。我对 M. J. 在舞台上的表演没有意见，他的 *That is it*，说明成功绝非幸致，但他和黑猩猩的相处，令人难过。他也许因为不能出外，总有大群的狗仔队、歌迷追随，显然没有太多的朋友，于是养了好些动物，其中有一只小黑猩猩，就是泡泡。他的确喜欢小动物。他对它，真是宠爱有加，替它穿衣服，有时穿跟自己一样的衣服，带它出席演唱会，坐在观众的前排。还去过日本。但后来，黑猩猩逐渐长大，再不能养在家里，因为危险，对自己，对其他人，尤其可能伤害 M. J. 的孩子，就像养大了的狮子、老虎，只好把它送到庇护中心去。分别时，全家人都很伤心。可是之后 M.J. 一直没有再去探望它，五年来都没有。一次也没有。只有他的妹妹去过一次。它在笼里会含一口水，向人喷去。它一定是只很不快活的黑猩猩。它认得人，它当然认得 M. J. 的妹妹。

看到 M. J. 的妹妹并无表情，并不理睬。黑猩猩会表达喜怒哀乐各种各样的感情。它并没有，它拒绝流露感情。但那眼神，真胜过千言万语。据说泡泡在庇护中心曾试图自杀。一只会思考的灵长目，我们的近亲，又会怎样看我们人类呢？

黑猩猩 （Chimpanzee）

目	灵长目 Primates
科	人科 Hominidae
属	猩猩属 *Pan*
种	黑猩猩 *P. troglodytes*
学名	*Pan troglodytes* （Blumenbach,1775）
栖息地	非洲中、西部树林
保护状况	濒危（EN）
体重	雄：34–70公斤；雌：26–50公斤
体长	雄：70–89厘米；雌：63–84厘米
食物	水果、花叶、种子；昆虫、鸟蛋、肉

黑猩猩用工具取食(新加坡动物园)

如果人类还有十万年的时间，

要么绝灭，

要么演化，

一种新人类出现。

但看来，

我们没有足够的时间了。

何福仁 西西

对谈

演化问题：猿猴是我们的祖先？

何福仁（以下称“何”）：猩猩是我们的祖先吗？一两位朋友问得更有趣：当猩猩长大、老去，为什么不会演变成人类？如果猿猴是我们的祖先，为什么现在还有猿猴呢？自从19世纪后期，一位牛津的主教嘲笑达尔文（Charles Darwin），达尔文就成为无数漫画、笑话讥讽的对象，到如今不少人，包括宗教家、信教的科学家仍然拒绝相信生物因应环境而演化，有些地方甚至认为学校不应教授演化论。

西西（以下称“西”）：例如在美国某些中学。

何：神创论和演化论的争辩一直没有停止过，甚至要闹到对簿公堂，从上世纪20年代开始，这种官司在美国，几乎年年有。1987年，在乔治亚州的亚特兰大一所中学，因为教材问题两派家长诉诸法庭，官司打到最高法院。

西：结果呢？

何：最高法院裁定神创论是宗教信仰，在公立中学里不可以和演化论一起讲授，因为这违背美国政教分离的立国精神。

西：神学与科学的争论，由法官判断得了？

何：是判而不断。2006年，超过五百位美国和俄国的科学家联署声明，质疑达尔文的生物随机变异能力，以及自然选择的理论。其中有些科学家，据说颇有名望。近二十年来，有一种理论出现，认为世上的一切，是某种最高智慧的设计，而这种智慧，超乎我们的了解。这说法是否也是一种了解？不过，如果达尔文的演化论并不完善，也不能证明神创论完善。演化论不是铁板一块，它可以发展、修订，甚至推翻，只要将来有更多的化石出土，更多科学上的突破。事实上，科学史是这样写的。但在现有的证据上，要我们相信地球只有六千年的历史，而且生物恒久不变，而人类在创世的第六天，已得天独厚，成为万物的主管，是否不合情理呢？

西：你宁愿相信生命已经完成，而不是一个过程；你宁愿怀疑这百多年人类知识的增长，例如考古的发掘、科学的突破，地质学、物理学、比较解剖学，以及近二十年基因的解读？人类的起源，上帝创造是一个说法。我们肯定宗教对人类的作用，但过去西方的宗教家，加上其他媒体有意无意地以讹传讹，实在对猿猴并不公道。

这是一种灵长目集体对另外一种灵长目的中伤，不要说尊重了。当然，还猿猴一个公道是一回事，猿猴是否我们的祖先是另一回事。

何：教宗若望·保禄二世曾经为伽利略、托密勒、哥百尼三位科学家平反，再进一步，他宣称并不反对生物演化论，认为演化论不仅仅是一种假设。当然，不见得所有天主教徒都同意他。无论如何，政教分离很重要，这容许你选择。我们的中学时代，在香港宗教学校读书，既有宗教科，也有科学科，各自表述，可说多元竞秀。到头来，你是否成为信徒，某一教的信徒，那是你的选择。世上的五大宗教，基督教，包括天主教、伊斯兰教、佛教、犹太教、印度教，对人的来去有不同的说法，怎么好说你是唯一的、绝对的真理？宗教与宗教之间固然有很大的分歧，同一宗教内部也有争议，直到今天，不是仍然有宗教战争吗？不同的宗教也必须要承认对方的存在，互相对话，而不是一味的排他。

西：一本讲猿猴的书，不能避免要谈到猿猴和人的关系吧。

何：不能。但我们不能也不必参加这种争论，这方面，让专家去争论好了。我们有自己的选择，这里可以介绍几本书，作为有兴趣的读者的“延伸阅读”：

Science on Trial The Case for Evolution.（Douglas Futuyma, 1983）

Evolution and the Myth of Creationism.（Tim Berra, 1990）

What Evolution Is（Ernst Mayr, 2001）

西：回到最早的话题：猩猩不是我们直接的祖先，老去的猿不会忽然变成人，它们是我们的近亲。达尔文在《人类起源》（*The Descent of Man*,1871）中说明，人是从类人猿演化而成的，但那些类人猿已经灭绝了，而不是现存的类人猿。所有生物，从单一细胞开始，一直缓慢地进化。所谓演化（evolution），只是形态发展的描述，不应该带有道德判断。译为进化，容易引起误解，以为物种是从低级向高级进步，而人是极致、最高的准则，其他的则是低等。高智慧并不等于高出其他众生，可以主宰其他众生的命运。分等级的观念很危险，从灵长目开始，人比猿高等，猿比猴高等，你会再为人分等级，分种族，分肤色，分性别，分国家，什么贵族、平民，这一种文化高，那一种文化低，这一种文艺观高，那一种文艺观低。于是屠杀鲸鱼、

达尔文和黑猩猩

达尔文《物种起源》

虐待月熊就有了借口，欺压弱势社群就振振有词，因为天生你不如我，你是可以取消的，或者你的存在，只是我的陪衬。

何：是的，中山狼要吃人的时候说："天生汝辈固需吾辈食也！"演化的说法，亚里士多德早已意识到自然的发展，是积微而逐渐，由无生命界走向有生命的动物界。然后经过许多动、植物学的研究，才累积成果，产生达尔文的学说。中国早期接受达尔文的学说，是有误差的，严复的《天演论》译的是赫胥黎所讲的达尔文，那是修改过的达尔文。"进化"一词是日译，五四人对进化很乐观，以为等于进步。其实达尔文没有这个意思。对演化还有一个很大的误解：以为自然的发展是单一、直线、有固定方向、可以预期的。那其实是复杂、分歧的，好像是不断的试错，并没有一个既定的进程。

西：演化并不保证进步，只是在不同的地区里动、植物自我调节、自我改变。调节、改变也有落差。早几年，我们不是看到一个纪录片：一种温和吃素的鸟，生活在孤岛里，只有海龟蛋、小海狮之类，又拙于长途飞行，短短的两三年，从吃素，变成凶猛、吃肉饮血的鸟，向海龟蛋、小海狮，向其他飞禽进攻吗？它们连身体结构，譬如嘴喙也改变了；这证明达尔文当年的考察是有根据的。这种演变，未必是一种进步。

何：一部分上了岸的鱼，要么死亡，要么逐步演化成爬虫类，其他留在水里的呢，并没有死去，至少并没有完全死去，如果不是被我们吃光了的话。

西：气候暖化，要是再恶化下去，北极熊可要灭绝了，死不了的，有的被逼走上岩石上捕吃厚嘴海鸥之类。有的勇敢地向南方迁移，也逐渐改变自己觅食的对象和方式，于是改变自己的体型、体质、毛色。那会是熊类里的新品种。原有的北极熊就真的灭绝了，少部分只能生活在动物园里；于是种属有了分化。远古的人类也是这样吧。我们把演化放大些，从整个生物的演化过程看，由单一细胞开始，经过许多许多年，终于出现了哺乳类灵长目，我们共同的祖先。

何：也许在灭绝之前，新旧品种并存若干年，古人类是这样的。生命发展的落差，现在不是有某些人类，因为地理阻隔，仍然生活在新石器时代吗？不过以往的时间过得很慢；过去，我们并不是破坏的力量，我们的直系祖先同样在大自然里挣扎，但今天不同了，我们可以马上把地球弄烂。

西：把地球弄烂的结果，是我们跟北极熊同一命运。科技文明真的是一条直线、乐观而美好地进步么？我们的谈话，如果有一个主题，那就是尊重生命，为那些在人类发展史上一直受歧视的生命说话，猿猴是切入点。

何：每种生命，每个生命，都是独立存在的，那是生命不同的形式，并无所谓尊贵卑贱，更不是为了等待最高级的人类出现而做过渡，做铺垫。弗洛伊德（Sigmund Zreud）认为人类的自我观念受到两次重击：一次是科学的发现，原来地球并不是宇宙的中心，不单不是，更只是宇宙里的微尘；第二次，则是生物学的研究，剥去人类最崇高的地位，我们不过是动物世界里其中一员罢了。芸芸众生，人类并不是必然的优选，达尔文也没有这个意思。我们从来没有看轻自己，很好，但也不要把自己抬得太高。

西：现存世上的猿猴，不管是接近人类的黑猩猩或者远离人类的指猴，都不是我们的祖先，我们相同的地方是：我们是灵长目，我们有着相同的祖先；它们是我们或近或远的亲戚。地球不是银河系里的中心，人类也不是，也不应该是万物的主宰。我们只是众多远古人类里其中一系的发展，因为环境改变，直立行走，他们勇于适应，从树上走下地面，走了许多年，受到地面猛兽的威胁，幸好发现了火，双手也方便携带物品，于是释放了上肢的发展；颚肌变弱，容许脑的容量增大，发展了语言、抽象思维等能力。猿因为大脑里缺乏支配语言的中枢神经，只能发出好像元音的声音罢了。

何：发展了语言、抽象思维等能力，这是人类最大的突破，可以把知识累积、交流。猿不会用火，人类在七十万年前会用火，开始熟食，也许同时令牙力退化，但一如颚肌退化，是得多于失。双手不用支撑走路，逐渐失去力量，却变得更精致，发展出各种更精致的工具。从基因的角度讲，人本来也是自私的动物，但因为人出生在文化的氛围里，受文化的教养，行为多少要受社会的约束。黑猩猩，甚至卷尾猴也会互相合作取食，但那种合作，往往是出于一己利益，没有利益，就不大愿意合作了。人呢，行善可以超乎一己的利益。但知易行难，人动物性的自私自利，有时是个人的，有时扩大一点，是社群的、功能组别的，再扩大些，是国家的、宗教的，而且会合理化，振振有词，如果是这样，那么即使明天冰块都融化了，马上世界末日，恐怕也难以达成衷诚合作拯救的对策。地球这本书，再这样写下去，已写到最后几章了。

西：地球这本书如果有十章，前面的八章涂涂抹抹，很缓慢，真是19世纪的俄国小说，从周围的场景写起，然后，忽然加速起来，快得变成微型的写法。

何：地球上的生命是什么时候开始呢？猿猴是什么时候出现呢？

西：大约二十八亿至三十三亿年前，生命开始涌现；最近的基因研究指出，27%是在那个时期成形的。

大概在七千万年前以至一亿年以前，有些爬行类动物演变成为哺乳类动物，最早的哺乳类可能像今天的树鼩，那是一种吃昆虫的动物。

然后六千万至五千万年前，产生原猴亚目，那是狐猴一族，指猴、眼镜猴等等。然后是南美洲新世界猴，例如卷尾猴、吼猴。

大概三千万年前，产生旧世界猴，例如长尾猴、狒狒。再然后，两千万年前，产生长臂猿。大概一千万年至五百万年前，先产生红毛猩猩，然后是大猩猩、黑猩猩。其中红毛猩猩和黑猩猩又因地理阻隔，各自分化成两个物种。这些猿类，除了亚洲的长臂猿，要到19世纪下旬、20世纪初才进入现代人类的视野。荒谬的是，当人类知道它们的存在，不多久，它们就成为濒临绝灭的动物。

五百万年前或者四百万年前，就算是五百万年前吧，是一个很重要的分水岭，人这新物种出现了，从古类人猿独立出来。这只是一种大约的推算，而且只是拼图里的一小块，还有争议，更可能修订。

何：现存的灵长目，名目有三百多，其间一定绝灭了许多。

西：绝灭了许多许多，这三百多种，大部分也面临绝灭危机，只有人类成为现代人之后在不断繁衍，一二百年来，更以几何级增多。

何：影响物种的变化，或灭绝或演化，基本上是由于气候转变、地貌改动、大陆漂移等等，这是外在的因素，还有内在的动力，那是物种自身的适应、竞争，这是所谓“物竞天择”。我们现在的人，从一百八十万年前直立人一路走来，演化是否已经完成了？试看新石器时代的人，六千年前罢了，跟现代人是那么的不同，你以为太远，好，两百年前吧，我们的年寿、健康，体质、是否不同了？五六十年前的日本人，高度、体质，是否有所改变？大约四十年前，人类跑一百米，在十秒内完成已经认为是极限，现在你跑十秒，在奥运会里可能得不到奖牌。日本人的例子或许可以解释为地区性的调整、优化。当然这些改变，并非人的体型，过去十万年，人的体型并无实际的变化。但另一方面，以往物种的变化，不是用一万年、十万年来做计算单位的，而是以五十万年、百万年来计算。地域隔绝是演化的前提条件，如今通讯利便，看来隔绝已不可能了。但谁知道呢？如果你同意物种是可变的话。大自然的地貌从来没有固定下来，例如非洲埃塞俄比亚北部高原，四千年就上升一米。

西：威尼斯又下沉了多少？

何：更严重的是天气暖化，这其实是我们自己做成的，如果不改变生活的态度、方向，在一百年，甚至五十年内不是要大变吗？再加上人类研究基因的突破，衣食住行的改变，如果人类还有十万年的时间，要么绝灭，要么演化，一种新人类出现。但看来，我们没有足够的时间了。

西：没有十万年、一万年，甚至没有一百年，如果我们不改变目前破坏环境、对待其他生命的态度。

红背松鼠猴

金狮獠狨

黄头狨

双色獠

红面吼猴

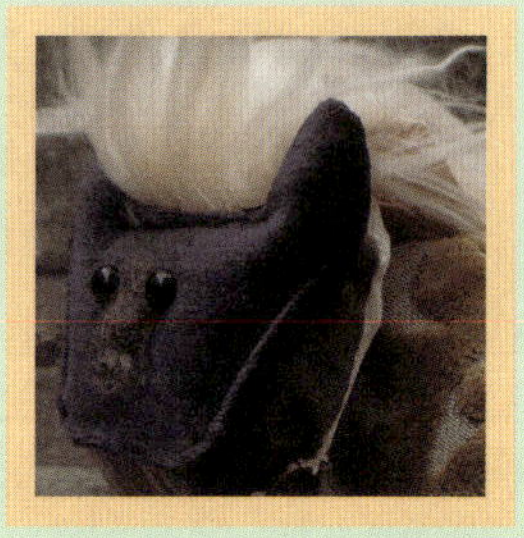

棉顶獠狨

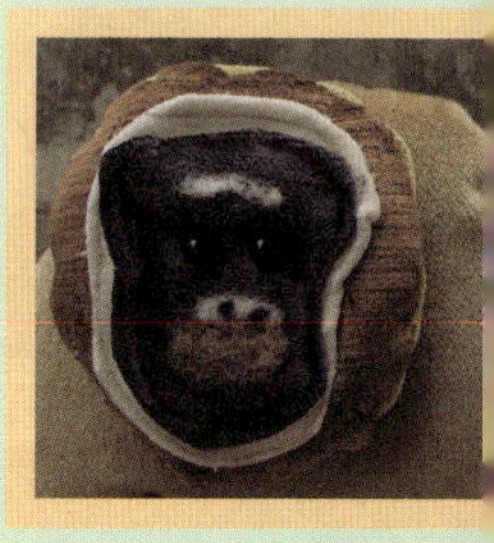

绒毛蛛

那些濒临灭绝的灵长目

根据2008年国际自然保护联盟（IUCN:International Union for Conservation of Nature）的“红色名单”，半数灵长目濒临绝灭，下面我挑选一小部分，为它们写几行字，并用朋友送给我的布料样板，分别合拼缝制，因为这些濒危以至极危的生灵，可能不多久就在野外消失了。我写过、缝制过的，包括各种类人猿，就不再重复。

原狐猴

领狐猴

西班牙在16到17世纪时，流行一种服饰，是项圈般的衣领，用蕾丝作材料，打上密密的褶，围住项颈，我们见过荷兰贵族、伊丽莎白一世的绘画，他们的衣领都有类似的风尚。

狐猴的项颈也有一圈密毛环绕，在鼠狐猴、鼬狐猴、环尾狐猴等等的族群中，独领风骚。这一个物种就是领狐猴(Ruffed Lemur)。独一的属，只有两个品种，一个是只有黑白二色的黑白领狐猴，另一个是红色的，全是黑脸金睛，分外醒目，它们的个子较大，毛质短而密，形貌出众，围着一圈毛领的狐猴，脸面变得胖了，不像尖嘴的狐狸，而有了一种国字脸的端庄。獴狐猴、褐狐猴、蓝眼黑狐猴、红腹狐猴等也一样，它们是“真狐猴”，和老鼠一般的小狐猴不一样，也被称为“美狐猴”。黑白狐猴特别的地方是有三双乳房。

要看狐猴当然去马达加斯加，退而求其次，美国杜克狐猴中心如何？

原狐猴

金竹狐猴

吃树叶树皮树枝的猴子很多，譬如叶猴，整个叶猴家族都吃树叶，非叶猴家族的猴子，也同样会吃树叶，像长鼻猴、猕猴、疣猴等。动物中吃竹的较少，好像只有熊猫，其实狐猴也有吃竹的一群，它们就是竹狐猴，而且种类不少，起码占三个属。它们都很温和，所以又被称为驯狐猴，或者合称竹驯狐猴，英文叫 Bamboo Lemur，或 Gentle Lemur。

几种吃竹的狐猴隐士那样居住在竹林，领地重叠，虽然都温和，食物短缺时，难保不争夺开战。可真幸运，天生它们同属而不同胃口。金竹狐猴吃竹的嫩芽；灰竹狐猴吃竹的叶；阔鼻竹狐猴的牙最有力，可以撕开竹子，它们吃竹的髓。这是灵长目之间真正的分享。

可是另外一种灵长目却因为人口暴涨，把竹林砍伐开发，变成农田、屋舍；于是竹狐猴的食物短缺。不单食物少了，因为树林缩小、分割，切断了相连的通道，狐猴家族各自被囚困在封闭的社区里，难以交往，后果会形成近亲繁殖，最后灭亡。

而且，金竹狐猴长着漂亮的金橘色皮毛，吸引捕猎者。保育团体除了谴责盗猎，还得设法为这些濒危的动物，包括熊猫、红毛猩猩等等，重建各族相通的雨林走廊。

新大陆猴

狨：金狮獠狨

新大陆猴

狨：双色獠狨

新大陆猴

狨：黄头狨

名列濒临绝灭的灵长类中，以科 (Family) 计算，占首位的是猿，包括大猿（各类猩猩）和小猿（长臂猿）；其次就轮到狨。狨科濒临绝灭的有五种：白耳狨、黄头狨、双色獠狨、棉顶獠狨和金狮獠狨。其中只有金狮獠狨经过有心人抢救后，有点转机，但几百只罢了，还是很危险的，可能一场传染病，就前功尽废。

金狮獠狨其实是很有趣的动物，整个身型就和草原上的雄狮一模一样，只是小得多，小得和松鼠差不多，应该是世上最小的狮子。这么一来，威武少了，却变得谐趣、可爱。而且它名满灵长目，因为难得从头到尾都是金色的。

英国的牧羊人把绵羊用无害的颜料染成橙色，希望偷羊贼知难而退。巴西研究、保育棉顶獠狨的方法是，替它们涂上染发色，在头、脸、手、脚各处，色彩艳丽，在树丛间远远就可以识别。因为无论雌雄一律相似，难以分辨。保育组织还教导居民、学童保护它们：这是当地的资产。

双色獠狨身体有不同的颜色，白与棕，或者黑与棕；生活在巴西热带雨林。它们比其他狨类面对多一重困境，因为它们和红面獠狨的领地重叠，双色獠狨不敌愈来愈强大的对手，节节败退。可说同类相残，是由于生存空间变小的原故。虽然一胎生二子，仍然无法壮大族群。

黄头狨是难得一见的狨，身体灰色，头部蕉黄，耳朵有很长的扇形毛簇；尾巴有环纹。走过不少动物园，也不见它们的踪影。

白耳狨的耳朵有白色的穗毛，黑耳狨的耳朵则有黑色的穗毛；身体同样花斑斑的。

“狨”的意思，在法语是“奇怪的外型”。的确，狨的外貌个个不同，除了颜色，还有各种装饰，像鬃毛、羽冠、髭须，甚至刘海。在南美洲，大量的狨在消失，可另一面又有小量的新品种出现：1985 年，在马卫斯河发现马卫斯狨；1996 年，在巴西发现侏狨。

新大陆猴

红背松鼠猴

濒危的新大陆猴除了狨科的五个物种，不幸还有三类上榜：红面吼猴、红背松鼠猴，以及卷毛蜘蛛猴。

松鼠猴个子小，没有什么特别的本领，虽然也有一条卷尾巴，但似乎帮不了大忙。运用卷尾巴，技术高超得像运用第五只手的，是蜘蛛猴。若论机灵聪明，又不及卷尾猴。松鼠猴安身立命的方法是群聚一起，但它们天生爱吱喳喧闹，不利匿藏。它们终于想到一个逃避猎手的生存之道，就是紧随八面玲珑的卷尾猴，有什么风吹草动，卷尾猴总是先知先觉，迅速溜走，松鼠猴照办就行。

动物跟随能干的一辈，例子不少，像北极狐，冰天雪地，觅食艰苦。它们会远远尾随北极熊，只要北极熊找到食物，例如海狮之类，它们也就不用捱饿，因为北极熊挑食，那么庞大的猎物，只吃多脂肪的部分，其余就舍弃了。北极狐于是可以分得好大的一杯羹。而且，它们会把吃剩的储藏在冰层下，它们知道，到了冬天，北极熊都睡觉去了。好景不常，北极熊不是自身也难保吗？

新大陆猴

绒毛蛛猴

蜘蛛猴有两类，一类是纤瘦的黑蜘蛛猴，我们比较熟悉；另一类是体型色泽不同的绒毛物种。它们是深褐色，毛质结实如地毡，脸面像长臂猿。这下又麻烦了，因为南美洲有一类物种是绒毛猴，模样和绒毛蛛猴相似，结果，不得不另起名称，以免混淆。印地安语 Muriqui 就成了绒毛蛛猴的称号，汉语为了简便，也省了一个“蜘”字。我想，猴子看人，大概也分不出中国人、日本人、韩国人；更分不出中国人里的东南西北人。但问题在，对猴子来说，呵呵，为什么要分？

绒毛蛛猴是中南美洲新大陆最大的猴子，主要吃叶，所以需要长时间消化，它们早上迟迟起床，晚上早早休息。冬天则花长时间晒太阳。大概已没太多空闲从事互相梳理绒毛的社交活动了，见面时就彼此拥抱一下，表示关怀，意思意思。蜘蛛猴是卷尾猴科，也有人称之为悬猴科，真正能够把尾巴绕着树枝，支持整个身体倒悬的只有蜘蛛猴而已。

绒毛蛛猴个子大，天敌不易捉捕，不过，人类就不同了，捕猎回来至少可以享用几天，未吃完的，就在梁上悬挂起来。也许这是濒危的原因之一。绒毛蛛猴分南北两类，北种的黑脸上略带粉红色斑点，比较幸运，濒危的是它们在巴西南部的兄弟。

新大陆猴

红面吼猴

吼猴是中南美洲雨林中体积最大的猴子，品种有红面吼猴、熊吼猴、蓬毛吼猴等五六种。

红面吼猴，又叫懒吼猴，生活在中美洲贝里斯、危地马拉和墨西哥的低地雨林。因为个子健壮，当地人称它们狒狒。其实，它们和狒狒没有血缘关系。可能是由于它们常常出现在狒狒保育区吧。

它们看来好像黑沉沉,皮毛原来是褐红色的,不过会随着阳光的强弱，以及投射角度的不同，全身变幻出金绿和紫红等各种色彩。但这样艳丽的景象，可不容易见到。

懒吼猴每天觅食的范围并不大，时间也不长，它们总是休息、睡觉，不是由于懒惰，而是为了节省能源、减慢新陈代谢的速度。它们的粮仓是面包树，可说纯素食，吃的是粗纤维的厚叶子，必须长时间消化。同样的理由，它们大声吼叫，用声音驱敌，其实也是虚张声势，不愿消耗体力去打斗。当然，它们的嗓门的确很大，可以吓退不少入侵者，因为天生特大的口腔和下颚，喉咙中有特别的舌骨共鸣箱。

旧大陆猴

戴安娜须猴

戴安娜须猴有一条长尾巴，所以属于长尾巴猴族，它又长了一把大胡子，因此又名髭猴。猴子像人，不少同时有好几个名字，像长鼻猴，它的鼻子很大，而且鼻孔朝天，所以又叫仰鼻猴，可是旧大陆的猴子，大多都是仰鼻猴啊，这是为什么要有一个稳定、大家都认同的拉丁文名字的缘故。

戴安娜这名字也有典故，她是神话中的月亮女神，手持弓箭。戴安娜须猴额上的眉呈弯月形，看来是女神的弓。在密林中，这位须猴，颇有江湖地位，一众猴子，如苍白绿疣猴、红绿疣猴、黑面颚猴等等，都当它是联盟里的首领，都看它的动静行事。因为须猴机灵，警觉性高，又在树林外围觅食，发现掠食者时立即发出警号，其他跟随的猴子都得以逃生。从树上下来喝水的猴子，更加需要盟友放风。没想到，这林间的守护神，如今变成泥菩萨了。

旧大陆猴

金叶猴

叶猴的颜色众多，像打开了颜色盒子，黑叶猴、灰叶猴、银叶猴、红叶猴，以及金叶猴，随便数数，也有五种。金叶猴 (Golden langue)，又名金色乌叶猴，或黄冠叶猴，所谓金色，并非黄金的金，而是橘黄，所以，金丝猴、金狮猴都是橘红色。金叶猴是双色猴，胸腹部为橘黄色，背部为米白色，脸黑色，呈倒三角形，环绕着脸和额是飞散的双色长毛，既是叶猴，就长了长长的尾巴和酒桶似的肚皮，草食性。

这是生长在印度阿萨姆邦及不丹黑山山脚的生灵。和哈努曼叶猴一样，它们也被尊为圣猴，获得保护、尊敬。但 1950 年科学家发现，种群中幼猴极少，前景可虑。

旧大陆猴

塔那河红疣猴

红疣猴是不幸的，尤其是那些和黑猩猩生活在同一林区。黑猩猩吃叶子、花果，吃白蚁，原来也吃肉。它们的野味是猴子，特别是无论体型、力量都无法跟它们对抗的红疣猴。一旦被黑猩猩锁定，红疣猴是难以逃脱的，因为黑猩猩会运用战略，布下罗网，然后声东击西。上个世纪消失的华德隆小姐红疣猴，是否黑猩猩的杰作？这可是三百年来第一宗灵长目绝灭的案件。如今，大约有十八种红疣猴生活在非洲；其中濒危的是塔那河红疣猴 (Tana River Colobus)。

红疣猴和叶猴一样，尾巴特别长，为身长的倍半。由于吃叶子，都有三个胃室，内有消化纤维和分解毒素的细菌。

红疣猴身上都有红色的条纹或斑块，红疣猴的红是橘红，绿疣猴的绿是橄榄绿。塔那河红疣猴居住在非洲肯亚东南面的塔那河区，1978 年，当地政府开设了保育中心，专为保护珍贵的疣猴，以及塔那河白眉猴 (Tana River Mangabey)。

疣猴科的家族很庞大，包括疣猴、叶猴、长鼻猴等等。疣猴大多数没有大拇趾，它们拉丁文用的 colobus，就是截去的意思。

旧大陆猴

冠叶猴

冠叶猴是金叶猴的近亲，两者非常相似，都是一身橘色，一脸黑色，最大的不同是它们竖起的头发。

冠叶猴又叫戴帽叶猴(Capped Leaf Monkey)，所谓戴帽，是指头顶的毛色与身体有别，仿佛戴了帽子。奇怪的是，猴子有不少喜欢戴帽，所以会有绮帽猕猴、戴帽卷尾猴等等。

吃叶的猴子，大多吃许多不同的叶子，只有少数只吃特别品种，例如竹狐猴，只吃竹。冠叶猴的食物，除花和果外，百分之六十是叶，包括四十三种不同的植物。把所有植物放在餐桌上，也可算大排筵席。

冠叶猴也住在黑山山脚，有山岭和河流使之和近亲隔绝，数量稀少。

旧大陆猴

狮尾猕猴

当我学缝制布偶的时候，必须先预备一个纸型，最初，我选择书本中可供采用的既成品。稍后我会自己设计和更改纸型的细部，同一的纸型,竟可以变出许多不同的样子。在学校上圣经课时,读到上帝创造万物。那么多的动物，如果是按一个原型变出来，例如亚当，再变出夏娃，那么，其他动物，要经过多少个纸型的变化？

灵长目，到2011年，至少有四百六十四种，这数字是我反复核对、计算的。一年前,我还以为是三百多,半年前,四百多。因为我们并非全知。还有多少个纸型，我们没有看见，或者在我们看见之前，就受不了生存的压力，消失了？又或者，没有看见，也不完全是坏事，以免我们这些亚当的后人，像哺乳动物的杀婴行为，间接或直接，把他们杀害了。何况，品种的增多，弥补不了整体大量急速的消亡。

动物中的狮尾猕猴，使我想到它的原型会是什么呢？是狮子吗？然后衍生了金狮狨猴、狮尾狒狒、狮尾猕猴。还有狮子狗，等等。它们都有共同的祖先？有的遗留头部的鬃毛，有的，只余下尾巴？

狮尾猕猴，真的像狮子，不止尾巴像，头也像，长了一大圈鬃毛。不过，它的命运和狮子不同。在地球上的生物，黑猩猩和人类的基因组织最接近，几乎达99%；然后是猕猴，97.5%。于是，大量的狮尾猕猴也被捉来当科学研究。研究它们，目的其实是研究人类自己。把躯体分拆开，观察它本来的纸型。结果，印度南部的小山脉中，它们在野外的数目不足五百，动物园中另有三百，香港动植物公园就有。

何谓“濒危名单”？何以会濒危？

一、什么是“濒危物种红色名单”？

所谓“濒危物种红色名单”，由国际自然保护联盟（IUCN：International Union for Conservation of Nature）名下一个委员会制定。IUCN是一个国际组织，工作的目标在全球自然环境保护；成立于1948年，以瑞士格兰德（Gland）为总部，成员包括全球近九十个国家、政府。

这个制定濒危名单的委员会叫“物种存续委员会”(SSC:Species Survival Commission)，每年根据物种的生存状态，除了“缺乏数据”(DD:Data Deficient)，以及“未评估”(NE:Not Evaluated)之外，分别评定保护状况为七个级别，并因应生存状态而更新：

级别	灭绝	野外灭绝	极危	濒危	易危	近危	安全
英文	EX	EW	CR	EN	VU	NT	LC
缩写	(Extinct)	(Extinct in the Wild)	(Critically Endangered)	(Endangered)	(Vulnerable)	(Near Threatened)	(Least Concern)

根据2008年的评定，四百多种灵长目之中，濒危的九十一；极危的四十，灭绝的二；几乎占去一半。部分易危、近危，加上缺乏数据及未评估，能达安全的，不及十分一。

二、物种为什么会濒危?

主要是人祸：

· 丧失栖息地，食物大减：大量砍伐雨林，改为棕榈园，或矿场(如马来半岛、苏门答腊，为此失去七成雨林)，或农田、牧场(中国内地)。

· 捕猎：作为食物，或药物，或宠物，或用以制作毛衣(如各种金丝猴)。

· 战争(如越战、非洲内战)。

· 用作科学试验品。

其次是天灾：

森林大火；水灾／旱灾；传染病；族群隔离(因雨林遭砍伐、分割，令猿猴族群难以相通，变成近亲繁殖)。

看弗西跟当地的官僚交涉，

很强悍，有一种白人女子的优势，

她没有放弃也无需放弃个人的生活素质；

她们也很会利用媒体，

这些，都并无不对。

何福仁 西西

对谈

一些名字

一些书

西西（以下称“西”）：华莱士（A.R.Wallace）在19世纪的《马来群岛自然考察记——红毛猩猩与天堂鸟之地》（*The Malay Archipelago:The Land of the Orangutan and the Bird of Paradise*）如今仍然很好看，只是开初写他到婆罗洲替英国博物馆、有钱人采集红毛猩猩标本，要活生生地把红毛猩猩射杀，感觉不是味道。他记述追猎、射杀红毛猩猩的过程，描写得很仔细，他一路追踪，在树下开枪，红毛猩猩怎样反击呢？只是在树上向他掷树枝、水果。有的被打断手脚，仍然挣扎逃跑，有的还带着幼儿，最终没有一只可以逃过枪下。别看红毛猩猩力大无穷，但一直不会保护自己。其中有一只，中了几枪，受了重伤，大概知道逃不了，就在树顶采集树叶筑巢。中国古人会说，这是“伤物之性”。他不足两个月，就猎杀了差不多二十只大小红毛猩猩，有点沾沾自喜。如今，还会有人在客厅里悬挂猎杀老虎的纪念照片，对客人介绍说：那是我在亚洲的战利品？

何福仁（以下称“何”）：不会吧。2005年，英国立法禁止猎狐，但禁之不绝，过去猎狐、猎鹿，贵族、有钱人当运动，当社交，for fun。

西：华莱士的采集，毕竟获得科学的成果，他跟达尔文同时提出演化论。现在应该不可能明知那是濒危，甚至极危的灵长类，仍然任意捕杀吧。

何：最近据报道，2006年，一位刚取得生物医学博士学位的年轻人哈里斯（Joseph Harris），白天从事生物医学研究，晚上好几次偷偷跑进跟动物实验有合约的机构搞破坏，被捕后受重判有期徒刑三年。真有点《化身博士》（*Dr.Jekyll and Mr.Hyde*）的味道，只不过正常的是白天那个，抑或是夜晚那个？这位年轻人，在大学时参加反猎联盟（Hunt Saboteurs Association），组织破坏猎狐行动，做法是在打猎的途径喷香茅油，掩盖狐狸的气味，让猎狗无法追踪。他是英国第一个因保护动物的激进行为被判坐牢的人。

欧美的动物实验，过去十年受保护动物人士抗议，甚至实行破坏，例如放走动物，威吓科学家等等。结果因为政府害怕资金撤走，要严刑峻法加以遏制。《自然》杂志曾于2006年为此调查生医科学家的意见，九成的科学家同意动物实验对医生研究是必需的条件，其中“非常同意”的有 63.1%，“同意”的有 28.6%。不过同时有三成以上感到道德的困惑，要尽力降低动物的疼痛、减少数量、尊重受试动物。更有 16% 感到良心不安，其中过半要改变研究方向。哈里斯的故事，我讲得有点简化，他的立场在实验室里是很清楚的，在上司面前，他有挣扎，也有挫折，他搞破坏的做法，在墙上留下字句，还有他坐牢时的体验，真可以拍成电影，也许已经在拍了。

他指出一个狱友杀了人，也不过判刑三年；判他的法官，本身就是一个猎狐迷。但美国一位用长尾猴做实验，研究药物对大脑影响的教授，认为这种刑罚并不为过，因为他一直受保护动物人士的诸多恐吓，生命备受威胁。哈里斯的回答是：长尾猴也是十分聪明的灵长类，跟人类一样有心理感受，每次看见这位教授走进实验室，长尾猴的惧慌也许不下于那位教授。

西：猴子的确有心理感受，更莫说猿类了，德瓦尔 (Frans de Waal)、莫利斯 (Deamound Morris)、珍·古德等人的研究告诉我们，它们本质上和人其实没有什么太大的分别，幼猿的情感尤其脆弱。哈里斯的故事是否说明，科学研究和保护动物真的没可能平衡？要注意的是，有三成以上的科学家自觉要努力降低动物的苦痛、减少数量，要尊重它们。而用作实验，要把它们杀死的，如果是濒危的动物，更应该三思。

19 世纪的华莱士还没有保护动物的意识，那时婆罗洲的红毛猩猩并不少，不过他同时指出苏门答腊就不多了，只局促在西北角。这其实是两种不同的红毛猩猩，到如今，一个是濒危，另一个则是极危。他说苏门答腊有许多鼯猴，那是一种能够扩张身上手上的薄膜，像披毡，在空中滑翔的猴子。我们在 Bako 岛上总希望能够看到这种有趣的动物，可惜没有看到。它们是夜间才出现的。他射杀了一只母鼯猴，身上还带了一只小猴。

华莱士写土著戴雅克 (Dayak) 人，说他们的品德比大多数未开化的民族好，甚至比许多文明国家的人高尚，他描述了他们的生活、风俗，想消除人们对他们做海盗、猎头的指责。这是这书比较好的地方。

何：但猎头的风俗，20 世纪初仍然时有发生，那是对付敌对部族。一位当代的族长忆述，1913 年，他的祖父还因为猎头，被荷兰殖民政府判刑坐牢。华莱士写犀鸟 (Hornbill) 也有趣味。这种鸟是马来半岛的标志，嘴巴艳丽，大得很夸张，但和大嘴鸟不同，它们的头上好像戴了盔帽，最特别的是，当母鸟怀孕，会躲进树洞生育小鸟，再堵塞树洞，只留下小小的隙缝，由父鸟带来食物。华莱士觉得比小说更奇妙。

西：的确奇妙。

何：不过他写鸟爸爸在外面做堵塞的工作，不对，好像怕母子出走似的。其实是鸟妈妈在洞内用唾液、泥土堵塞，以防天敌，静心养育孩子，这是内外分工，互相信赖、依存。所谓“禽兽”，是骂人的话，其实禽兽对人，可以有许许多多的启发。一百年前的华莱士还没有认识到需要保护动物，人和自然、动物也必须互相依存，可是当代一位中国专家回顾自己在20世纪60年代考察海南岛的长臂猿，一边说要设法加以保护，什么绝不能在我们这一代手中绝种，另一面，却把它们杀死；为了做分类鉴定，先把生物制成标本。他们不多久就射杀了一雄一雌，这位专家写：

我在心中默默祈祷：猿老弟，别怪我们无情，今天杀你是为了给你们的家族正名，为了今后不再有人向你们的家族开枪，保护你们子孙昌盛；你的遗体（皮和骨）也将供奉在我们的标本馆，留给后人“瞻仰”。

——徐兆辉《野生动物考察记》

那种逻辑真奇怪。2010年，海南岛的长臂猿，只余下二十五只。

西：那是1960年代，只能这样理解。近年的动物研究，像白老鼠，要在封闭的环境里自行培育。但愿不要再到野外把珍稀、极危的动物杀死就好了。

何：我们如今对猿猴的认识，主要来自二次大战之后，许许多多动物学家、动物行为学家、生物学家等的观察、研究；尤其是欧美的科学家，通过科普的书写、追踪拍摄等等，唤起大家的注意，从而想到保育，这好像是对过去的无知、偏见赎罪。反而过去尊重猿猴的亚洲古老大国，起步要迟得多。当然，日本这方面的调查、研究，是第一流的，虽然日本本土，只有猕猴。

西：是的，对猿猴的调查、书写，一般人，尤其是西方读者、观众，马上就会想到珍·古德、戴安·弗西、高蒂卡丝(Birute Galdikas)三位出色的女性，她们受考古学家利基聘请，离乡别井，到野外长期实地观察猿类，英国的古德、美国的弗

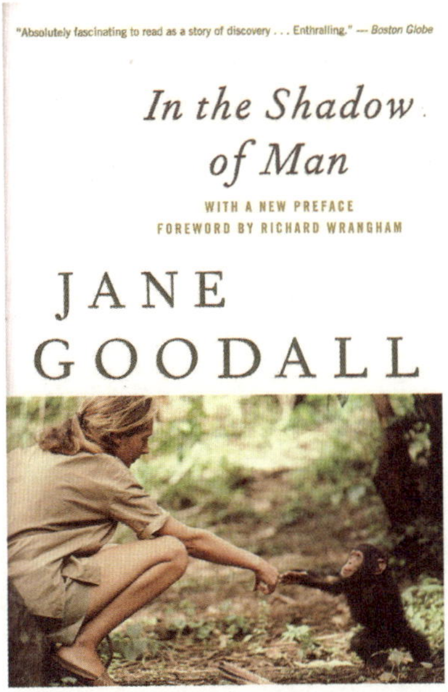

珍·古德《*In The Shadow of Man*》

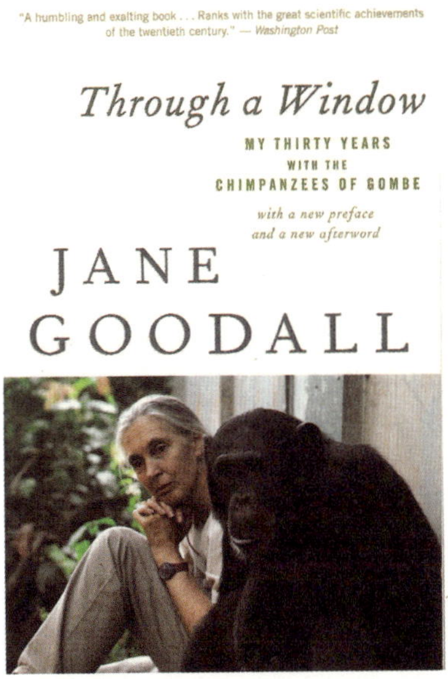

珍·古德《大地的窗口》

西，前后到非洲，一位观察黑猩猩（1961年），另一位观察大猩猩（1967年）。入籍加拿大的德裔高蒂卡丝则到亚洲观察红毛猩猩（1971年），都有成绩。譬如古德，她1960年代在非洲冈贝观察黑猩猩，一直坚持，写出许多本书。她不是这方面唯一，更绝对不是最有成就的一个。即使同一时期，到非洲研究黑猩猩的，也有日本专家伊谷纯一郎（Itani）、西田利贞（Nishida）等人。日本人对灵长目的研究，居于世界前列，据说一个京都大学灵长目研究所就云集了百多位专家。但一般人好像只认识古德，她成为家喻户晓，成为保护动物的icon，这多少得力于《国家地理杂志》的报道、拍摄，五个灵长类的节目，当年极受欢迎。其次，她们几位运用英语，也有优势，譬如古德的文字平易近人，未必是顶好的散文，但浅白流畅。三来，更重要的，她们都善于宣传，尤其是古德——弗西不幸早死，看来天生是一个宣传家，擅长组织，到处演说、活动。珍·古德，大家都知道这名字代表的是什么。

何：对鼓吹环保、保护动物，这无疑是很大的贡献。

西：不必每个人都要写严格的学术论文，但她是最早描述黑猩猩会运用工具，用树枝往树洞里掏吃白蚁，用树叶盛载雨水喝饮，这打破了过去认为人和禽兽的分别是只有人才会制造工具。这说法最初提出来，被学者认为不够科学，是她训练它们的结果。

何：后来证明其他许多猿猴都会，猕猴、卷尾猴、狒狒。莫利斯在《猿类星球》(*Planet Ape*)，分析得更细致，黑猩猩会运用不同的工具，不是顺手取用，而是会收集、改良，有针对性，有计划的。日本的猕猴会用海水清洗甘薯。只要有一只试过，获得成功，其他观察到，就学会了。要认识各种类人猿，《猿类星球》是一本很完备的书。

莫利斯《猿类星球》

西：古德早期描写自己和黑猩猩成为好友，曾被指美化它们。拟人化的写法、为它们命名，也曾引起争议，被认为不够客观。日本人有一阵就只用数字称呼研究的对象。最初在《国家地理杂志》有关古德的报道、她的书写，都很温情、美化，黑猩猩并没有群体的政治。她后来解释，当她写黑猩猩暴戾、争权，甚至捕吃其他小猴时，她的书就没有人愿意出版，没有电视愿意播映。

何：唐娜·哈乐维（Donna Haraway）在《灵长目观照》(*Primate Visions: Gender, Race, and Nature in the World of Modern Science;* 1989）所说，狒狒学者 Shirley Strum 最初

为《国家地理杂志》撰写狒狒的文章，被编辑修改成为浪漫的英雌，另一个珍·古德，她要和编辑不断交涉、抗争才行，最后还是各让一步的妥协。大概70年代后期，古德已经写黑猩猩不单猎杀疣猴，还杀婴、甚至设计逐一屠杀其他族群的同类。

西：戴安·弗西也写大猩猩的新领袖会杀死没有血缘的幼猿，以繁殖自己的后代。杀婴，狮子、猎豹等等是这样，灵长目也很普遍，例如狒狒、吼猴、叶猴。古德曾经指出，幸好黑猩猩手上没有枪械，不然就会使用。这方面她们不是最早的发现，到后来，事实不容否认之后，传媒的态度才改变了。

何：1979年，《国家地理杂志》开始报道黑猩猩的残暴行为。至于为动物命名，本意是为了识别，为长期受观察的动物命名，德瓦尔认为并无不可，用数字，日子久了，也变得有含意。譬如007，意味什么呢？那是奉旨可以杀人，Licensed to kill。德瓦尔自己的书就照做了。

西：现在的科学家研究棉顶獠狨(Cotton-top Tamarin)时，因为无论雌雄一律相似，起了名字也不管用，还替它们涂上颜色。

何：至于把动物跟人比拟，德瓦尔在《类人猿和寿司大师》(*The Ape and the Sushi Master*) 中认为不仅是必须，更是有力的工具。他举了许多研究者的名字，包括古德，说明一成不变地用冷漠的眼光去研究动物是不可能的。是的，对象是有感情会思想的动物，而不是一堆数字。在恶劣的环境里研究猿猴，没有投入热情是难以想象的，他说："几乎所有的调查者都会对那些有皮毛的、是羽毛的，或者滑溜溜的动物付出感情。"即使环境不恶劣，研究者也想知道动物到底想些什么，高蒂卡丝就说过多么希望知道红毛猩猩想些什么，然后才更好地回应它们的需要。它们的答案，只能是个近似值。此外，你不可能发明另一套火星的语言，去描述一只"发怒"的大猩猩，或者两只打斗之后重新"和解"的黑猩猩。

西：何况，她们书写的目的，是呼吁拯救这些面临族灭的人类近亲，先要破除它们一直被妖魔化的误解，所以笔锋常带情感，与号称客观、理性的观察有别。譬如一位一直追踪猎豹的科学家，看见研究的猎豹生病，他明知道替它打抗生素就行，他不会做，因为不介入是诫条，于是眼巴巴看着猎豹病死，这猎豹还带着两只小豹呢。换了那三位女士，马上就做起兽医来。这其实是两种不同的进路、不同的目的。

何：对濒临绝灭的动物，即使是客观、理性的研究，大抵到头来都会同意要拯

戴安·弗西《迷雾中的大猩猩》

救它们。

西：不少科学家轻视古德和弗西没有受过严格的训练，出发时都没有博士学位，但改变世人对猿类的看法，猿类获得前所未有的保护，这三位女士的功劳极大。不是说现在的保护就足够，不是的。弗西写《迷雾中的大猩猩》时，高地大猩猩只余下两百只，她被杀后根据她的故事拍成电影，加上其他媒体的渲染，使她成为传奇人物，如今呢，高地大猩猩有七百多只，算是寸进，虽然也并不乐观。高蒂卡丝仍在婆罗洲的保育中心工作，接近半个世纪，如今在婆罗洲、苏门答腊，红毛猩猩的保育中心，或私营或公营，超过三十个。

何：德国的 Gerd Schuster 在《红毛猩猩报告》，指责联合国环境规划署 (UNEP: United Nations Environment Programme) 成立时各国学者、政客济济一堂 (2001 年)，在五星级酒店开会，讨论、交流，一大堆数据，然后发表宣言，政治正确一番，要“遏止大猿下降的数目”。大家感觉良好，自认为是“真正的国际联盟”、“政治上前所未有的最高层次”。然而，“到头来，一只动物也没有拯救”。反而不及个别的环保组织，剑及履及，到当地脚踏实地做事。

我不知道他的指责是否确当。但学术研究与通俗书写，对象不同，应该并行不悖。古德等人的写法，她们自己的书写，是无可厚非的。她就自称宁愿一直和黑猩猩生活，没有必要扮演科学家的角色。对一般人来说，这三位用科普的通俗语言，通俗，而不是庸俗，不用术语，用甚至近

 乎自传与小说的形式书写，无疑更能唤醒世人对保护大猿的醒觉。哈乐维说：与其说古德是科学家，不如说她是位迷人的向导。其实到一个陌生的地方，我们的确需要向导，这个向导可以是书本上的、当地人的，而她，以及她们，可不是香港式零团费的阿珍。她们把自己深爱的、稀有的东西向大家介绍，让大家也来分享。

西：当然，古德她们的工作绝对不是个人的，而是整个团队的合作。一部电影的拍成，导演之外，要有投资者、演员、摄影师、各种各样的工作人员，那是 team work，但导演仍然是主导。古德等人都列明了合作人员的名字。例如弗西写自己到卢旺达开展工作，谁引导、谁帮助，都写出来，到她钟爱的一只大猩猩 Digit，在为族群放哨时被盗猎杀死，身上留下五个矛刺的伤口，她气怒极了，决定向媒体申诉，谁向她报告，事前和谁商量，都有交代。结果成立了 Digit Fund。

何：是好事者把她们塑造成孤身作战的英雄，据说这种角色更只能是白人女子，不可能是有色人种，像当年电视剧三个“查理天使”——《霹雳娇娃》(*Charlie's Angles*)，她们是“利基天使”(Leakey's Angles) 云云。继而煞有介事，也不怀好意地讨论何以白人女子特别钟爱猿猴。

西：荷兰的斯妲恩·珍森 (Stine Jensen) 的书，就叫《女人为什么爱猿猴》(*Waurom Vrouwen Van Apen Bouden*)。

何：这书我看过内地的中译，原文是法文，但不知是原文出错还是译得很糟糕，资料不少，但错误很多，譬如说伏尔泰的《老实人》(即《憨第德》) 中“两个女子爱上一只猿猴”；爱伦·坡的小说，“一只猩猩强奸了两个女子”等等，小说并非如此。例子不必多举。这书，本身也有哗众取宠之嫌。欧美的文化评论，关键词是性别、种族、后殖，用来看类人猿的书写，有启发，但不一定对应。

西：这是一种二分法；男子为什么不爱猿猴？为什么特别提出女人爱猿猴？

何：这类提问，本身就不科学。一个说法是移情作用。照哈乐维的分析，这是《国家地理杂志》的刻意营造，杂志背后的赞助是当年的海湾石油公司 (Gulf Oil Co.)。过去灵长目的研究，总带殖民地色彩；殖民地独立后，欧美要重返非洲，只有通过女子，是白人女子，当中介、代理。因为女子，较接近大自然。以往自然和理性，被认为是对立的。思辨型的科学并非女子所擅长，女子较喜欢离开实验室、放下显微镜，出外实地观看。为什么是白人女子呢？因为有色女子太接近被观察的动物了。哈乐维指出，黑人学生想到非洲研究类人猿，难乎其难，难以取得奖学金、赞助。

爱猿猴、研究猿猴的女子固然很多，男人其实也不少，日本的专家，就大多是男性。其实这种野外工作，要上山下乡，要更大的体能；还有安全的问题。

对女性不容易，对有色女性更难。你不能想象一个有色女子，可以像戴安·弗西那样，走进非洲的俱乐部，责骂官商勾结，买卖小猩猩。

认为有色女子难以成为什么的代理，当然是白人的傲慢。哈乐维认为所谓性别，只是社会文化的构建，女子其实并无单一的“本质”，有的，不过是男性中心的产品。这是“动物机械人”（Cyborg）作者的论述，令人深思。但要完全抹去两性的差异，又是否切合实际？我最近读到东方女子这方面的著作，举一个例，一个年轻的日本猿猴女学者冈安直比，带着自己的小女儿，同样跑到非洲，过了五年，做了几年大猩猩孤儿院院长，写了一本很不错的书：《大猩猩孤儿学校》。她写出抚育孤儿的体验，有些细节，是读莫里斯、德瓦尔等男士的著作所没有的，例如小大猩猩怎样断奶，孤儿由于身心受损，要黏贴着成人，当她是代母才能安睡，这方面，男子只能自叹不如，但这和论题“女人爱猿猴”无关：

每当有新的大猩猩孤儿抵达布拉萨的大猩猩孤儿院时，为了确认它们的健康状态，我至少要陪它们睡三个晚上的觉……到了夜晚，虽然我通常都是仰躺着，让小宝宝们躺在我的肚子上睡觉；但是这些大猩猩宝宝，却因为被不熟悉的人抱着睡，而变得非常神经质。只要我稍微动一下身体，它们就会惊跳起来，紧抓着我。它们的力量特别大，有时还会因为太过焦躁，而反咬我一口呢。

所以和小猩猩一起睡觉时，我几乎一整个晚上都不能够翻身。当我认为它们已经睡熟了，而想偷偷把它们放下时，它们也总是在身体碰到床垫的那一刹那，又爬到我的身上来。由于将近二岁的小猩猩的体重已经超过十公斤，所以这真的是很消耗体力的一件事。

不过，就是因为作了这种努力，才能让小猩猩们产生信赖人类的心情，从父母兄弟在自己眼前惨遭屠杀的伤痛之下，找到让自己重新振新起来的力量。（张东君译）

如果小猩猩躺在她的身上被拍进镜头，落在某些人眼中，又会想入非非了。高蒂卡丝抱着小红毛猩猩的照片，就曾被不怀好意地描述。冈安直比指出英国豪列兹·波特林夫野生动物园的主管艾斯皮纳尔发现“野生的大猩猩集团，是由一头雄猩猩和数头雌猩猩以及它们的小孩，组成一夫多妻的家族”。别看轻这个发现，因为据此分配孤儿小猩猩族群获得极大的成功，二十四年内，有七十五只小猩猩在英国这家野生动物园里出生，比所有野生动物园都要多。艾斯皮纳尔是直比的主雇，他这个见解，十年后(1980 年)才被其他动物学家当成重要发现。

此外，直比女士用了例证说明大猩猩喜欢戏弄女士、小女孩，但仍比对男士友善、客气，这些大猩猩，只是几岁大的孤儿罢了，已意识到男女有别。炒作“女人爱猿猴”，其实与中世纪时说猿猴邪恶、不道德，没有太大的分别。倒不如说，落实到野外和猿类的相处，女人比男人成功得多?

还有一点，这是我读《类人猿和寿司大师》时想到的。

西：什么呢?

何：德瓦尔引弗洛伊德讲孩童和动物的话，说孩子对动物不会自大自尊，容易建立亲密的关系；成年男子，会和动物的自然本性划清界线，以示文明。孩子反而不受那种世故的束缚，没有顾忌。德瓦尔指出孩子从动物的交往，获得快乐的源泉。哪个孩子不爱动物的?这方面，是否可以说，女子比较男子更接近孩子，或者，更能保留孩子纯真的感情?

西：Digit Fund 不多久也引起许多纠争、许多“政治”。不过要追问的是：大猩猩等动物，有没有获得保护?这才是我们关心的。古德的书不必介绍了，大多都有中译，弗西、高蒂卡丝的，也很畅销，容易找到。莫利斯上世纪 60 年代的《裸猿》(*The Naked Ape*)，对比人和猿的行为模式，人也不过是灵长目里的一员，打开我们的眼睛，我们不必自卑，可也不要自大。收结时他指出人必须控制人口。德瓦尔的《黑猩猩的政治》(*Chimpanzee Politics*)，写动物园里黑猩猩的生活，主角是三只雄性黑猩猩的争斗、权力的交替，有联盟、调解、诡计、拉拢……像小说，像看《三国演义》。后来，最有领袖风范的一只被合谋杀害了；粗暴的一只，做了一阵首领，后来却溺死了，可能是惊慌逃走所致。余下的，是年纪最大的一只，照德瓦尔说，它最工于心计。

何：这书写黑猩猩长期生活在暴力的压力下，很阴暗，也很可怕；德瓦尔另一本《猿形毕露》(*Our Inner Ape*)，除了黑猩猩，还写了另一种黑猩猩巴诺布，它们解决矛盾的方式，不是暴力，而是性，这两种最接近人类的灵长目，仿佛是人性隐藏的两面。

西：阅读猿猴，其实是阅读我们自己，可以读到彼此的相同，也可以读到彼此的相异。也许只有人类才懂得彼此必须互相依存的道理。道理知道了，可是多少人愿意实行呢？

何：德瓦尔在《移情年代》(*The Age of Empathy*）认为西方过去强调人和禽兽的分别，并不牢靠；人类的同情心、合作精神，以至道德感，其实大猿也有。人和猿猴不过是演化路上稍稍不同的发展。他未必知道，中国孟子说过：“人之所以异于禽兽者几稀。”人和猿猴只有很少的分别，儒家认定分别在人懂得仁义礼智，人有道德的自觉，猿猴并没有。但他同时提出仁人的“恻隐之心”，到了宋代张载就有“民胞物与”的说法，人民固然是同胞，其他万物也视为同类。这是中国古人最前卫，也最有价值的思想。现代人研究基因，发觉人和猿的分别的确只有一点多一些，那一点点的相异，多么珍贵。

西：是的。我一直留意中国人这方面的书写，之前提过张树义的《野性亚马逊》(2008 年)，就很有意思，这是第一个进入亚马逊雨林做研究的华人，他写了雨林的各种生态，并且追踪棕卷尾猴，发觉它们因应水果的产量、分布，采取灵活的策略。一般灵长类会在食物稀少的季节，为了觅食，移动空间较大，走得较远；另一种则相反，减少走动，以保留能量。棕卷尾猴则两种方法兼用：水果稀少且呈斑块状时，它们收缩活动范围，都集中在斑块状空间，并以采吃树叶补充。它们知道，走远了也无补于事。水果产量中等，又平均分布时，移动范围就大得多，走到哪里吃到哪里，水果的数量与移动范围成正比。到水果最充足，遍布树林时，它们移动的范围又变小了，因为不必太大走动就可以有食物了。这解释了卷尾猴随季节迁移的原因。

他另一个有趣的观察，是棕卷尾猴睡眠时集中在领地的中央，而且喜欢在棕榈树叶上，可以一家几口一起，其他掠食动物不易接近。棕榈树有很尖利的刺，作者就吃过苦头了，但棕卷尾猴却能如履平地，采吃棕榈的花序，还把树叶当睡床。热带雨林里有各种树木自然生长，当然也有棕榈，这和马来群岛的商人为了种植棕榈树而伐去了雨林的其他树木，并不相同。

何：动物作家刘先平的《我的山野朋友——七彩猴面》，为什么吸引我呢？因为他写的是到云南凉山追寻黔金丝猴，这是中国特有的珍稀而极危的猴子，很神秘，如今只有约七百只，凉山成为它们唯一的栖息地。中国的动物园固然甚少可以看见黔金丝猴,外地的,大概没有。日本犬山的猿猴中心曾邀请中国办过一个川金丝猴展，中日合作研究，展完了，金丝猴就回国了。可惜这书写追寻的篇幅多，写滇金丝猴的生活特性少。书中经常提到的首席研究员叫老杨，杨什么呢？我其实也想知道。

不过，这书也有趣的地方，例如大嘴鸦和金丝猴的争斗，伺准母猴要分娩时大群空袭，而猴群则互相协防，这种敌对，原来是因为在旱季，金丝猴经常去抄大嘴鸦的鸟窝，窝里往往贮了五六斤花生、玉米、野栗。于是成了世仇。这是黔金丝猴特有的天敌；互有胜负，彼此制衡。它们最大的问题，还是人类的盗猎，因为毛皮华丽，价格昂贵；又可以当肉食。

写到临尾，又有些瞄头，那是当一只雄性滇金丝猴，因为长大了仍紧缠着母亲，被母亲驱逐，怒了咬了它的尾巴一口。这是苦心要它离开，另组族群，母猴可以再生育子女，也避免近亲繁殖。谁知这小子后来伤口发炎，危在旦夕，作者大胆地把它从树上抱下来，加以治疗。这少年，是野生的，也不反抗，愿意接受好几次的治疗，终于好了。更奇的是,它后来来到营地,找出作者,带引他们,原来它的母亲也生病了。母猿也愿意接受人的治疗，猴王一直在树上观看。平日它们是生人勿近的。

西：另一本《守望雪山精灵——滇金丝猴科考手记》内容更丰富、扎实。作者龙勇诚是中国研究灵长目的专家，半辈子花在搜寻、计算、研究滇金丝猴。到非洲、到马来群岛研究猿类，问题是盗猎，非洲又多一层政局的动荡，但不必花太多的时间找寻。中国呢，政治相对地稳定，砍伐和盗猎是最大的问题，却多了搜寻的难题。中国的野外调查就花了大量的时间、精力在追寻猿猴族群。猴比猿活动的范围要大得多。龙勇诚解释：古德很快就找到一个可以开展研究的地方，而中国的寻觅则要经历二十年，所以公元 2000 年才算起步。

而且因为过去盗猎严重，猿猴很怕生人，要使野外的猿猴对人“习惯化”，相信人不会加害，才可以较近矩离、长期地观察。中国内地甚难。它们见人就跑。

龙勇诚《守望雪山精灵》

何：《我的山野朋友》也提到，即使圈养的黔金丝猴，作者每次举起照相机，就被猴王袭击，原来摄影机的镜头像枪管。

西：研究员许多时在深山上、丛林里好几个月，根本找不到猴子。他们吃过早饭，再把午饭放在胶袋、一点干粮，就开始不断搜索，有时两三个人，有时甚至是独自一个，到傍晚才回到自己搭建的临时营地。龙先生曾带一位美国博士生上山研究，这位老外获得奖学金，算是豪华团了，最后还是要和向导争吵，几乎打起架，这不单是文化差异而已，还有找不到猴子的挫折、积劳、天气恶劣……这是长期的压力。这工作要吃得苦，要毅力，也要体力，真令人敬佩。希望第三、第四代，更多的年轻人出来接棒。中国这方面本来有很丰富的资源，金丝猴不必说，其他长臂猿，又例如叶猴，中国至少有黑叶猴、白头叶猴、长尾叶猴、白臀叶猴、菲氏叶猴、戴帽叶猴六种。

何：滇金丝猴原来只选高山上耐寒的冷杉、云杉栖息。

西：这和食物有关，它们吃得很特别，与其他灵长类不同，不是水果、树叶，也并非杂食，原来是地衣。这是很大的发现。什么是地衣？那是一种真菌和藻类的复合体，这是植物、生物之外的第三类：菌物。它可以寄生在石头、石壁，或者冷杉上。滇金丝猴就吃这些。寄生在冷杉上的，叫松萝，它吸收冷杉的营养维生。松萝太多，就不利冷杉生长，会枯干，甚至死亡。滇金丝猴从冷杉、云杉获得栖息、食物，冷杉、云杉又从猴子获得清理地衣的回报。

何：这是大自然一种互相依存的生命链。

西：人也是大自然生命链里的一员。这书最后还写到两千年初开始为滇金丝猴戴上 GPS(全球定位系统)项圈，通过卫星来追踪猴群。这项圈套在两只猴子的项上，可以收集它们周期活动的范围、规律，等等。有趣的是，大约十个月后项圈会自动脱落。把它捡回，加以分析。目的是更好地理解这些珍稀动物，从而提供更有效的保护措施。

何：中国也有珍·古德、戴安·弗西式的人物，也许这种类比并不恰当，因为环境、条件不同，看弗西跟当地的官僚交涉，很强悍，有一种白人女子的优势，她没有放弃也无需放弃个人的生活素质；她们也很会利用媒体，这些，都并无不对。古德初到冈贝，有二十个非洲人协助。利基稍后为她找来一位专业摄影师，并且写信告诉她的母亲：为她找来了一位丈夫。冈贝这基地，有一阵(1972—73年)来学习、研究的英美学生，甚至比黑猩猩还要多。几乎成为名胜了。孤军作战云云，那的确是《国家地理杂志》的营造。但在中国，你跑到深山去，不会获得优待，你凭什么获得优待？例如苏彦捷、周茵、任仁眉、严康慧几个北京大学的女学者，走到神农架的原始森林去研究川金丝猴，只有更艰苦。

其中严康慧应老师任仁眉的征召，放弃了在德国快要完成的深造，开始时还只是外聘的临时工，十几二十年一个人在神农架的荒山野岭追踪、调查金丝猴，没有建立什么营地，住宿的只有别人丢弃的荒屋，也只能像猴子那样吃素，几次被猛兽攻击，要不是一次摔下五米高的深崖，几乎送命，她的故事还不会曝光。她和任仁眉、胡振林合作写成《金丝猴的社会》，那是对金丝猴的习性、社群组织的研究报告，另外还有许多的学术论文，发表在《兽类学报》等刊物上。

西：希望她会抽空写写自己的奋斗、考察的感受、自己的心路历程，对年轻人一定有所启发，对保护珍稀动物也有助益。

何：对，用科普那样的语言书写。

西：另一本很不错的书是《灵长类的社会进化》，作者张鹏和日本的渡边邦夫合著。这本书起先说明灵长目从夜行、昼行的演化。再从灵长类的家庭组织，一夫一妻制、一夫多妻制，以至多夫多妻等等，看到它们不同的社会模式。以往认为灵长类生活在封闭的小圈族群，很少和其他族群接触，书中引用各种研究，说明野外猿猴的族群其实大多都半开放，譬如日本猴子逐渐成长，雄性就会离开族群，到其他族群寻求配偶；同一个族群，会保留血缘雌性，排除血缘雄性，而接受外来的雄性。这是所谓"母系型社会"，雌性保留在族群里，雄性则迁出加入。

相反，大猩猩、黑猩猩则属于"父系型社会"，排除雌性，保留雄性。但模式又有所不同，大猩猩是父系一夫多妻模式，女儿快要成长，就会离开父亲的族群，加入其他族群。族群由一只银背带领，其他未成年雄性都是它的儿子，成年后有的离开与其他游离的雌性结合，组成新的族群。黑猩猩呢，是父系多夫多妻模式，族群里雄性都有亲缘关系，父子兄弟成为联盟，雌性则在族群间迁移。

此外，还有复杂的"重层社会"，是一种较进化的社会结构，这是各个一夫多妻的单元族群，活动时合组成加大的族群，再扩大成集团，埃及的长鬃狒狒就是这样，中国的金丝猴也是这样。所以一个族群，大的会有二三百只，其实是由许多家庭单元组成的。

诸如此类，两位作者对多种灵长类都有细致的分析。从这个角度，看到人类家庭组织的演化轨迹。张鹏是第一个到京都攻读灵长目学的中国留学生，显然获得很完整的训练，可说是后起之秀。

何：一夫一妻制在灵长目比例不超过两成，反而在鸟类多达九成。张鹏运用双亲投资理论解释，由于母鸟要孵化、培育幼鸟很花时间、精力，必须要父鸟的帮助觅食之类。以华莱士讲的犀鸟为例，那是为一夫一妻，为下一代分工的典型，在大马就流传犀鸟神化的爱情故事。如果这是一夫多妻，雄鸟会为寻找食物而累死；多夫多妻呢，雄鸟不能肯定自己的骨肉，就未必会尽力，结果雌鸟受苦，都不利这个物种的生存。

生活在草原的灵长目，因为食肉的压力，天敌多，于是形成一夫多妻，或者多夫多妻，像长鬃狒狒，更形成重层社会，活动时像行军。每个物种的生活方式，总是经过自然选择，发展出来。

人类呢，为了适应社会环境而变化，可能也经过母系的多夫多妻模式，然后一夫多妻，到一夫一妻的重层社会。别以为人类社会一夫一妻已成主流，不是的，大部分国家、社群仍然奉行一夫多妻制。

西：也谈得差不多了。

何：差不多了，有机会再补充吧。

西：我还想多介绍一本书，刚看过的：《与红毛猩猩面对面》（*Face to Face with Orangutans*），作者拉曼（Tim Laman）、诺特（Cheryl Knott）夫妇在印尼的巴隆山国家公园从事保护红毛猩猩的工作，这书文字浅易，图片漂亮，书末一节“你能做什么”，针对东南亚的年轻读者，有几个建议，可以参考：

一、购买木质产品时，要问问这些木头是否被鉴定为不破坏生态环境，这表示热带雨林并没有因采伐木材而受破坏。

二、不用含有棕榈油的产品，例如饼干的包装、洗发水之类。侵占雨林的，正是棕榈园了。

三、向拯救野生红毛猩猩的组织捐款。

四、很多动物园和保育的组织有伙伴关系，参观这些动物园，就是支持保育组织，另一面也让没有这种联系的动物园知道，应该要为救助野生红毛猩猩而努力。

五、留神野生红毛猩猩、热带雨林的知识、资讯，与其他朋友分享，了解得越多、更多人关注，红毛猩猩和热带雨林才有生存希望。

谢谢。

附录

猿猴名称便览

中文	英文	举例
狐猴	lemur	环尾狐猴，ring-tailed lemur
跗猴(眼镜猴)	tarsier	菲律宾跗猴，Philippine tarsier
蜂猴(懒猴)	loris	蜂猴，slow loris
丛猴(婴猴)	bushbaby, galago	回旋曲丛猴，rondo bushbaby
指猴	aye-aye	指猴，aye-aye
伶猴	titi	棕伶猴，brown titi
獠狨	tamarin	棉顶獠狨，cotton-top tamarin
狨	marmoset	黄头狨，buffy-headed marmoset
须猴	guenon	须猴，vervet guenon
白眉猴	mangabeg	白颊白眉猴，gray-cheeked mangabey
疣猴	colobus	红疣猴，western red colobus；长鼻猴，probosics monkey
叶猴	langur	白臀叶猴，douc langur
卷尾猴	capuchin	棕卷尾猴，brown pale-fronted capuchin
秃猴	uakari	白秃猴，white uakari
僧面猴/狐尾猴	saki	狐尾猴，monk saki
吼猴	howler monkey	红吼猴，red howler monkey
绒毛蛛猴	muriqui	绒毛蛛猴，muriqui
冕狐猴	sifaka	韦氏冕狐猴，verreaux's sifaka
猕猴	macaque	藏酋猴，Tibetan macaque
狒狒	baboon	阿拉伯狒狒，Hamadryas baboon
山魈	mandrill	山魈，mandrill；鬼狒，drill
长臂猿	gibbon	白眉长臂猿，White-browed gibbon；合趾猿，Siamang
猩猩	ape	红毛猩猩(猩猩)，oranguten；大猩猩，gorilla； 巴诺布(倭黑猩猩)，bonobo；黑猩猩，chimpanzee

缝制猿猴高度（合共51只）

原猴类

1 蜂猴 30cm	2 丛猴 25cm	3 跗猴 25cm	4 环尾狐猴 35cm
5 冕狐猴 35cm	6 大狐猴 35cm	7 指猴 15cm	

新大陆猴

1 秃猴 22cm	2 僧面猴 22cm	3 卷尾猴 35cm	4 蜘蛛猴 40cm
5 夜猴 25cm	6 金白流苏耳狨(1大2小) 25cm	7 帝髭獠狨 15cm	

旧大陆猴

1 日本猕猴 32cm	2 黑猴 35cm	3 黑叶猴、白头叶猴各50cm	4 长鼻猴 30cm
5 白臀叶猴 30cm	6 眼镜叶猴 40cm	7 金丝猴 30cm	8 长鬃狒狒 30cm
9 山魈、鬼狒各25cm			

猿类

1 长臂猿 40cm	2 合趾猿 50cm	3 红毛猩猩 30cm	4 大猩猩 28cm
5 巴诺布 30cm	6 黑猩猩 40cm	7 Digit 40cm	8-10三只猴子 28cm、25cm,25cm

那些濒临灭绝的灵长目

金竹狐猴、黑白领狐猴、戴安娜须猴、红面吼猴、红背松鼠猴、	
棉顶獠狨、双色獠狨、金狮獠狨、黄头獠狨、绒毛蛛猴、	均 15cm
塔那河红疣猴、金叶猴、冠叶猴	

灵长目、科简表

	目order	科family	
原猴亚目 Strepsirrhini	狐猴下目 Lemuriformes	狐猴科 Lemuridae	
		鼠狐猴科 Cheirogaleidae	鼠狐猴科 Cheirogaleinae
			叉斑尾鼠狐猴科 Phanerinae
		鼬狐猴科 Lepilemuridae	
		大狐猴科(原狐猴科) Indriidae	
		指猴科 Daubentoniidae	
	懒猴下目 Lorisiformes	懒猴科 Lorisidae	
		丛猴科(婴猴科) Galagonidae	
	跗猴下目 Tarsiiformes	跗猴科(眼镜猴科) Tarsiidae	
真猴亚目 Haplorhini	阔鼻下目(新大陆猴)Platyrhini	狨科(绢毛猴科) Callitrichidae	
		卷尾猴科(悬猴科) Cebidae	吼猴亚科 Alouattinae
			夜猴亚科 Aotinae
			蜘蛛猴亚科 Atelinae
			青猴亚科 Callicebinae
			卷尾猴亚科(悬猴亚科) Cebinae
			僧面猴亚科 Pitheciinae
	狭鼻下目(旧大陆猴)Catarrhini	猴科 Cercopithecidae	猴亚科(猕猴亚科) Cercopithecinae
			疣猴亚科 Colobinae
		长臂猿科 Hylobatidae	
		猩猩科 Pongidae	
		人科 Hominidae	

灵长目总表

原猴亚目(Strepsirrhihi)

狐猴下目(Lemuriformes)

狐猴科(Lemuridae)

1	环尾狐猴	[Lemur catta] Ring-tailed lemur	狐猴属
2	白头狐猴	[Eulemur albifrons] White-headed lemur	美狐猴属
3	白领狐猴	[Eulemur albocollaris] White-collared lemur	
4	灰头狐猴	[Eulemur cinereiceps] Gray-headed lemur	
5	红颊狐猴	[Eulemur collaris] Red-collared lemur	
6	冠狐猴	[Eulemur coronatus] Crowned lemur	
7	史氏狐猴	[Eulemur flavifrons] Sclater's lemur	
8	褐狐猴	[Eulemur fulvus] Brown lemur	
9	黑狐猴	[Eulemur macaco] Black lemur	
10	獴狐猴	[Eulemur mongoz] Mongoose lemur	
11	红腹狐猴	[Eulemur rubriventer] Red-bellied lemur	
12	南红胸狐猴	[Eulemur rufifrons] Southern red-fronted lemur	
13	北红胸狐猴	[Eulemur rufus] Northern red-fronted lemur	
14	山氏狐猴	[Eulemur sanfordi] Sanford's lemur	
15	红领狐猴	[Varecia rubra] Red-ruffed lemur	领狐猴属
16	黑白领狐猴	[Varecia variegate] Black and white ruffed lemur	
17	班陶驯狐猴	[Hapalemur alaotrensis] Bandro lemur	驯狐猴属；竹狐猴属
18	金竹驯狐猴	[Hapalemur aureus] Golden bamboo lemur	
19	基氏竹狐猴	[Hapalemur gilberti] Gilbert's bamboo lemur	
20	灰驯狐猴	[Hapalemur griseus] Grey gentle lemur	
21	西方小竹狐猴	[Hapalemur occidentalis] Weatern lesser bamboo lemur	
22	南方小竹狐猴	[Hapalemur meridionalis] Southern lesser bamboo lemur	
23	阔鼻大竹驯狐猴	[Prolemur simus] Broad-nosed greater gentle lemur	大竹狐猴属

鼠狐猴科(Cheirogaleidae)

1	南粗尾鼠狐猴	[Cheirogaleus adipicaudatus] Spiny desert dwarf lemur;	鼠狐猴属
		Southern fat-tailed dwarf lemur	
2	毛耳鼠狐猴	[Cheirogaleus crossleyi]' Furry ear dwarf lemur	
3	大鼠狐猴	[Cheirogaleus major] Greater dwarf lemur	
4	粗尾鼠狐猴	[Cheirogaleus medius] Fat-tailed dwarf lemur	
5	小灰鼠狐猴	[Cheirogaleus minusculus] Lesser iron-grey lemur	
6	大灰鼠狐猴	[Cheirogaleus ravus] Greater iron-grey lemur	
7	施氏灰狐猴	[Cheirogaleus sibreei] Sibree's iron-grey lemur	
8	毛耳鼠狐猴	[Allocebus trichotis] Hairy-eared dwarf lemur	毛耳鼠狐猴属
9	贝氏倭狐猴	[Microcebus berthae] Berthe's mouse-lemur	倭狐猴属
10	邦高拉华倭狐猴	[Microcebus bongolavensis] Bongolava mouse lemur	
11	科氏倭狐猴	[Microcebus coquereli] Coquerel's mouse-lemur	
12	丹氏倭狐猴	[Microcebus danfossi] Danfoss' mouse lemur	
13	灰褐倭狐猴	[Microcebus griseorufus] Red and grey mouse-lemur	

14 祖氏倭狐猴	[Microcebus jollyae] Jolly's mouse lemur	
15 葛氏倭狐猴	[Microcebus lehilahytsara] Goodman's mouse-lemur	
16 洛高比倭狐猴	[Microcebus lokobensis] Lokobe mouse lemur	
17 加氏倭狐猴	[Microcebus mamiratra] Claire's mouse lemur	
18 米氏倭狐猴	[Microcebus mittermeieri] Mittermeier's mouse lemur	
19 小灰倭狐猴	[Microcebus murinus] Gray or lesser mouse-lemur	
20 侏倭狐猴	[Microcebus myoxinus] Pygmy mouse-lemur	
21 金褐倭狐猴	[Microcebus ravelobensis] Ravelobe mouse-lemur	
22 赤褐倭狐猴	[Microcebus rufus] Russet mouse rufus lemur; brown mouse lemur	
23 萨比拉诺倭狐猴	[Microcebus sambiranensis] Sambirano mouse-lemur	
24 施氏倭狐猴	[Microcebus simmonsi] Simmons' mouse lemur)	
25 北红褐倭狐猴	[Microcebus tavaratra] Northern rufus mouse-lemur	
26 南倭鼠狐猴	[Mirza coquereli] Coquerel's dwarf mouse lemur;	倭鼠狐猴属
	Southern giant mouse lemur	
27 北倭鼠狐猴	[Mirza zaza] Northern dwarf mouse lemur	
28 珀山叉斑鼠狐猴	[Phaner electromontis] Mt d' Ambre fork-crowned lemur	叉斑鼠猴属
29 叉斑鼠狐猴	[Phaner furcifer] Fork-marked lemur	
30 浅叉斑鼠狐猴	[Phaner pallescens] Pale fork- markeded lemur	
31 柏氏斑鼠狐猴	[Phaner parienti] Pariente's fork-marked lemur	

鼬狐猴科(Lepilemuridae)

1 艾氏鼬狐猴	[Lepilemur aeeclis] Aeecl's sportive lemur	鼬狐猴属
2 阿氏鼬狐猴	[Lepilemur ahmansoni] Ahmanson's sportive lemur	
3 艾氏鼬狐猴	[Lepilemur ankarahensis] Ankarana sportive lemur	
4 贝斯里奥鼬狐猴	[Lepilemur betsileo] Betsileo sportive lemur	
5 灰背鼬狐猴	[Lepilemur dorsalis] Grey-backed sportive lemur	
6 米氏鼬狐猴	[Lepilemur edwardsi] Milne-Edwards sportive lemur	
7 霍氏鼬狐猴	[Lepilemur fleuretae] Fleurete's sportive lemur	
8 格氏鼬狐猴	[Lepilemur grewcocki] Grewcock's sportive lemur	
9 赫氏鼬狐猴	[Lepilemur hubbardi] Hubbard's sportive lemur	
10 荷氏鼬狐猴	[Lepilemur hollandorum] Holland's sportive lemur	
11 詹氏鼬狐猴	[Lepilemur jamesi] James' sportive lemur	
12 白脚鼬狐猴	[Lepilemur leucopus] White-footed sportive lemur	
13 小齿鼬狐猴	[Lepilemur microdon] Small-toothed-lemur	
14 达连拿鼬狐猴	[Lepilemur milanoii] Darina sportive lemur	
15 密仙邱鼬狐猴	[Lepilemur mitsinjonensis] Mitsinjo sportive lemur	
16 米氏鼬狐猴	[Lepilemur mittermeieri] Mittermeier's sportive lemur	
17 奥氏鼬狐猴	[Lepilemur otto] Otto's sportive lemur	
18 鼬狐猴	[Lepilemur mustelinus] Weasel sportive lemur	
19 彼氏鼬狐猴	[Lepilemur petteri] Petter's sportive lemur	
20 兰氏鼬狐猴	[Lepilemur randrianasoli] Randrianasoli's sportive lemur	
21 红尾鼬狐猴	[Lepilemur ruficaudatus] Red-tailed sportive lemur	
22 萨哈玛沙鼬狐猴	[Lepilemur sahamalazensis] Sahamalaza sportive lemur	
23 司氏鼬狐猴	[Lepilemur scottorum] Scott's sportive lemur	
24 萧氏鼬狐猴	[Lepilemur seali] Seal 's sportive lemur	
25 北鼬狐猴	[Lepilemur septentrionalis] Northern sportive lemur	
26 鹤氏鼬狐猴	[Lepilemur tymerlachsoni] Hawks' sportive lemur	
27 莱氏鼬狐猴	[Lepilemur wrighti] Wright's sportive lemur	

大狐猴科(Indriidae)

1	贝斯里奥毛狐猴	[Avahi betsileo] Betsileo woolly lemur	毛狐猴属
2	班马拉哈毛狐猴	[Avahi cleesei] Bemaraha woolly lemur	
3	东部毛狐猴	[Avahi laniger] Avahi, Eastern woolly indris	
4	莫氏毛狐猴	[Avahi mooreorum] Moore's woolly lemur	
5	西部毛狐猴	[Avahi occidentalis] Western woolly lemur	
6	派氏毛狐猴	[Avahi peyrierasi] Peyrieras' woolly lemur	
7	蓝氏毛狐猴	[Avahi ramanantsoavani] Ramanantsoavana's woolly lemur	
	萨比拉诺毛狐猴	[Avahi unicolor] Sambirano woolly indris	
9	大狐猴	[Indri indri] Indri, Endrina	大狐猴属
10	丝冕狐猴	[Propithecus candidus] Silky sifaka	冕狐猴属
11	冕狐猴	[Propithecus diadema] Diadem sifaka	
12	米氏冕狐猴	[Propithecus edwardsi] Milne-Edward's Sifaka	
13	彼氏冕狐猴	[Propithecus perrieri] Perrieri's sifaka	
14	金冠狐猴	[Propithecus tattersalli] Golden-crowned sifaka	
15	狄氏冕狐猴	[Propithecus deckenii] van der Decken's Sifaka	
16	维氏冕狐猴	[Propithecus verreauxi] Verreaux's sifaka	
17	考氏冕狐猴	[Propithecus verreauxi coquereli] Coquereli sifaka	
18	冠冕狐猴	[Propithecus coronaatus] Crowned sifaka	

指猴总科(Daubentonioidea)

指猴	[Daubentonia madagascariensis] Aye-aye	指猴属

蜂猴/懒猴下目(Lorisiformes)

懒猴科(Lorisidae)

1	小金熊猴	[Arctocebus aureus] Golden potto	金熊猴属
2	金熊猴	[Arctocebus calabarensis] Angwantibo	
3	树熊猴	[Perodicticus potto] Potto	树熊猴属
4	假熊猴	[Pseudopotto martini] False potto	假熊猴属
5	修长懒猴	[Loris lydekkerianus] Gray slender loris	懒猴属
6	懒猴	[Loris tardigradus] Red slender loris	
7	孟加拉蜂猴	[Nycticebus benalensis] Black stripe Bengal slow loris; Bengal slow loris	蜂猴属
8	棕脊蜂猴	[Nycticebus coucang] Slow loris	
9	间蜂猴	[Nycticebus intermedius] Intermediate slow loris	
10	倭蜂猴	[Nycticebus pygmaeus] Pygmy loris; Lesser slow loris	

丛猴科/婴猴科(Galagonidae)

1	黑尾丛猴	[Galago alleni] Allen's bushbaby	丛猴/婴猴属
2	高河丛猴	[Galago cameronensis] Cross river bushbaby	
3	加彭丛猴	[Galago gabonensis] Gabon bushbaby	
4	索马里丛猴	[Galago gallarum] Somali galago	
6	暗黑丛猴	[Galago matschiei] Dusky bushbaby	
7	蓬尾婴猴	[Galago moholi] Thick-tailed galago	
8	马拉威西丛猴	[Galago nyasae] Malawi bushbaby	
9	灌丛婴猴	[Galago senegalensis] Lesser bushbaby; Senegal galago	
10	肯雅小丛猴	[Galago senegalensis braccatus] Kenya lesser galago	
11	北小丛猴	[Galago senegalensis senegalensis] Northern lesser galago	

12 苏迪小丛猴	[Galago senegalensis sotikae] Sotik lesser galago	
13 埃塞俄比亚小丛猴	[Galago senegalensis dunni] Ethiopia lesser galago	
14 粗尾大丛猴	[Otolemur crassicaudatus] Thick-tailed galago	大丛猴属
15 小耳大丛猴	[Otolemur garnettii] Small-eared greater galago	
16 银大丛猴	[Otolemur monteiri] Silvery greater galago	
17 东针爪丛猴	[Euoticus inustus] Eastern needle-clawed bushbaby	针爪丛猴属
18 南针爪丛猴	[Euoticus elegantulus] Southern needle-clawed bushbaby	
19 北针爪丛猴	[Euoticus pallidus] Northern needle-clawed bushbaby	
20 肯雅海岸丛猴	[Galagoides cocos] Kenya coast galago	倭丛猴属
21 倭丛猴	[Galagoides demidoff] Demidoff's dwarf galago	
22 葛氏丛猴	[Galagoides granti] Grant's bushbaby	
23 乌卢古鲁丛猴	[Galagoides orinus] Uluguru bushbaby	
24 回旋曲丛猴	[Galagoides rondoensis] Rondo bushbaby	
25 汤氏丛猴	[Galagoides thomasi] Thomas's galago	
26 乌德宗瓦丛猴	[Galagoides udzungwensis] Matundu galago	
27 桑吉巴倭丛猴	[Galagoides zanzibaricus] Zanzibar bushbaby	

跗猴／眼镜猴下目 Tarsiiformes

跗猴／眼镜猴科(Tarsiidae)

1 邦加跗猴	[Tarsius bancanus] Western tarsier	跗猴属
2 苏拉威西跗猴	[Tarsius dentatus] Dian's tarsier	
3 那河跗猴	[Tarsius lariang] Lariang tarsier	
4 佩伦跗猴	[Tarsius pelengensis] Peleng tarsier	
5 小跗猴	[Tarsius pumilus] Lesser tarsier	
6 桑吉岛跗猴	[Tarsius sangirensis] Sangine tarsier	
7 西里伯斯跗猴	[Tarsius spectrum (Pallas)] Celebes tarsier	
8 菲律宾跗猴	[Tarsius syrichta (Linnaeus)] Philippine tarsier	
9 夜灵跗猴	[Tarsius tarsier] Spectral tarsier	

类人猿亚目(Simiiformes)

阔鼻下目／新大陆猴(Platyrrhini)

僧面猴亚科(Pithecinae)

1 赤道僧面猴	[Pithecia aequatorialis] Equatorial saki	僧面猴属
2 白僧面猴	[Pithecia albicans] Humboldt's saki , White saki	
3 僧面猴	[Pithecia monachus] Monk saki	
4 白脸僧面猴	[Pithecia pithecia] White-faced saki	
5 露水(多毛)僧面猴	[Pithecia irrorata] Bald-faced saki	
6 白鼻丛尾猴	[Chiropotes albinasus] White-nosed saki	丛尾猴属
7 红背丛尾猴	[Chiropotes chiropotes] Red-backed bearded saki	
8 棕背须丛尾猴	[Chiropotes israelita] Brown-backed bearded saki	
9 黑须丛尾猴	[Chiropotes satanas] Black bearded saki; Red-backed saki	
10 乌塔希克须丛尾猴	[Chiropotes utahickae] Uta Hick's bearded saki	
11 艾尔斯黑秃猴	[Cacajao ayresii] Aracá uakari; Ayres black uakari	秃猴属
12 白秃猴	[Cacajao calvus] White uakari; Bald uakari	
13 黑头秃猴	[Cacajao hosomi] Neblina uakari; Black-headed Uakari	
14 黑脸秃猴	[Cacajao melanocephalus] Black-headed uakari	
15 赤秃猴	[Cacajao rubicundus] Red uakari	

伶猴／青猴／美猴亚科(Callicebinae)

1	马狄伶猴	[Callicebus aureipalatii] Madidi titi	伶猴属
2	巴巴拉棕伶猴	[Callicebus (Callicebus) barbarabrownae] Barbara Brown's titi	
3	巴迪斯达湖伶猴	[Callicebus (Callicebus) baptista] Baptista Lake titi	
4	贝恩哈德亲王伶猴	[Callicebus (Callicebus) bernhardi] Prince Bernhard's titi	
5	棕伶猴	[Callicebus brunneus] Brown titi	
6	栗腹伶猴	[Callicebus caligatus] Chestnut-bellied titi	
7	加其塔伶猴	[Callicebus caquetensis] Caquetá titi	
8	灰伶猴	[Callicebus cinerascens] Ashy-grey titi	
9	菲何伶猴	[Callicebus (Callicebus) coimbrai] Coimbra Filho's titi	
10	红伶猴	[Callicebus cupreus] Red titi	
11	白尾伶猴	[Callicebus (Callicebus) discolor] White- tailed titi	
12	芦苇伶猴	[Callicebus donacophilus] Bolivian grey titi	
13	拟伶猴	[Callicebus dubius] Hershkovitz's titi	
14	霍氏伶猴	[Callicebus hoffmannsi] Hoffmann's titi	
15	露西化伶猴	[Callicebus (Torquatus) lucifer] Lucifer titi	
16	黑伶猴	[Callicebus (Torquatus) lugens] Black titi	
17	哥伦比亚黑手伶猴	[Callicebus (Torquatus) medemi] Colombian black-handed titi	
18	海岸手伶猴	[Callicebus (Callicebus) melanochir] Coastal black-handed titi	
19	静／赤褐伶猴	[Callicebus modestus] Bolivian titi	
20	暗黑伶猴	[Callicebus moloch] Dusky titi	
21	黑腹伶猴	[Callicebus (Callicebus) nigrifrons] Black-fronted titi	
22	安第斯伶猴	[Callicebus oenanthe] Andean titi	
23	玻利维亚伶猴	[Callicebus olallae] Beni titi monkey	
24	华丽伶猴	[Callicebus (Callicebus) ornatus] Ornate titi	
25	白套伶猴	[Callicebus (Callicebus) pallescens] White-coated titi	
26	花面伶猴	[Callicebus personatus] Masked titi	
27	里约普鲁斯伶猴	[Callicebus (Torquatus) purinus] Rio Purus titi	
28	红头伶猴	[Callicebus (Torquatus) regulus] Red-headed titi	
29	纳氏伶猴	[Callicebus (Callicebus) stephennashi] Stephen Nash's titi	
30	白领伶猴	[Callicebus torquatus] Widow monkey, Collared titi; Yellow handed titi	

*有认为伶猴仅moloch、personatus、torquatus三种，其他均不能独立成种。

蜘蛛猴亚科(Atelinae)

1	长毛蜘蛛猴	[Ateles belzebuth] Long-haired spider monkey	蜘蛛猴属
2	黑脸蜘蛛猴	[Ateles chamek] Black-faced spider monkey	
3	棕头蜘蛛猴	[Ateles fusciceps] Brown-headed spider monkey	
4	黑掌蜘蛛猴	[Ateles geoffroyi] Black-handed spider monkey	
5	棕蜘蛛猴	[Ateles hybridus] Brown spider monkey	

6	亚马逊蜘蛛猴	[Aletes marginatus] White-whiskered spider monkey	
7	红脸蜘蛛猴	[Ateles paniscus] Red-faced spider monkey	
8	南方绒毛蜘蛛猴	[Brachyteles arachnoides] Woolly spider monkey; Southern muriqui	绒毛蜘蛛猴属
9	北方绒毛蜘蛛猴	[Brachyteles hypoxanthus] Northern muriqui	
10	杰氏绒毛猴	[Lagothrix cana] Geoffrey's woolly monkey	绒毛猴属
11	灰绒毛猴	[Lagothrix lagothricha] Humboldt's monkey	
12	哥伦比亚绒毛猴	[Lagothrix lugeus] Colombian woolly monkey	
13	坡氏绒毛猴	[Lagothrix poeppigii] Poeppis woolly monkey	
14	黄尾绒毛猴	[Oreonax flavicauda] Hendee's woolly monkey; yellow-tailed woolly monkey	黄尾绒毛猴属

夜猴亚科(Aotinae)

1	阿氏夜猴	[Aotus azarai] Azara's night monkey	夜猴属
2	布氏夜猴	[Aotus brumbacki] Brumback's night monkey	
3	灰脚夜猴	[Aotus griseimembra] Grey-legged night monkey	
4	赫氏夜猴	[Aotus hershkovitzi] Hershkovitzi's owl monkey	
5	带领夜猴	[Aotus infulatus] Kuhl's owl monkey	
6	贺氏夜猴	[Aotus jorgehernandezi] Hernández-Camacho's night monkey	
7	鬼夜猴	[Aotus lemurinus] Columbian; Lemurin night monkey	
8	小夜猴	[Aotus miconax] Andean night monkey	
9	秘鲁夜猴	[Aotus nancymaae] Peruvian reel-necked owl monkey	
10	黑夜猴	[Aotus nigriceps] Black-headed owl monkey	
11	夜猴	[Aotus trivirgatus (Humboldt)] Northern night monkey; Owl monkey	
12	巴西夜猴	[Aotus vociferans] Spix's noisy night monkey	
13	巴拿马夜猴	[Aotus zonalis] Panamanian night monkey	

*夜猴有时也单列夜猴亚科，且仅有trivirgatus一种。

吼猴亚科(Alouattinae)

1	熊吼猴	[Alouatta arctoidea] Ursine howler monkey	吼猴属
2	英属圭亚那红吼猴	[Alouatta aurata] Guianan red howler monkey	
3	黄臂吼猴	[Alouatta belzebul] red handed howler monkey	
4	黑吼猴	[Alouatta caraya] Black howler monkey	
5	科岛吼猴	[Alouatta coibensis] Coiba Island howler monkey	
6	红手吼猴	[Alouatta discolor] Spix's red-handed howler	
7	褐吼猴	[Alouatta fusca] Brown howler monkey	
8	棕红吼猴	[Alouatta guariba] Brown red howler monkey	
9	茹鲁阿红吼猴	[Alouatta juara] Juruá red howler	
10	法属圭亚那红吼猴	[Alouatta macconnelli] Guyanan red howler	
11	亚马逊黑吼猴	[Alouatta nigerrima] Amazon black howler monkey	
12	长毛吼猴	[Alouatta palliata] Mantled howler monkey	
13	懒吼猴	[Alouatta pigra] Guatemalan howler monkey; Mexican black howler monkey	
14	普鲁斯红吼猴	[Alouatta puruensis] Purus red howler	
15	帚吼猴	[Alouatta sara] Bolivian red howler monkey	
16	红吼猴	[Alouatta seniculus] Red howler monkey	
17	马拉尼昂红手吼猴	[Alouatta ululata] Maranhão red-handed howler	

卷尾猴 / 悬猴亚科(Cebinae)

1	棕卷尾猴	[Cebus albifrons] Brown pale-fronted capuchin	卷尾猴属
2	褐卷尾猴(已绝灭)	[Cebus apella] Hooded capuchin(now extinct)	
3	白头卷尾猴 / 白喉卷尾猴	[Cebus capucinus] White-headed capuchin; White-throated capuchin	
4	戴帽卷尾猴	[Cebus cay] Azaras's capuchin; Hooded capuchin	
5	金卷尾猴	[Cebus flavius] Blond capuchin	
6	卡柏卷尾猴	[Cebus kaapori] Ka'apori capuchin	
7	须卷尾猴	[Cebus libidinosus] Bearded capuchin	
8	大头卷尾猴	[Cebus macrocephalus] Large-headed Capuchin	
9	黑角卷尾猴	[Cebus nigritus] Black-horned capuchin	
10	冠卷尾猴	[Cebus Robastua] Crested capuchin	
11	金腹吼猴吼猴	[Cebus xanthosternos] Yellow-brested capuchin	
12	哭泣卷尾猴	[Cebus olivaceus] Weeper capuchin	
13	亚马逊松鼠猴	[Saimiri boliviensis] Bolivian squirrel monkey	松鼠猴属
14	红背松鼠猴 / 巴拿马松鼠猴	[Saimiri oerstedii] Red-backed squirrel monkey, Central American squirrel monkey	
15	松鼠猴	[Saimiri sciureus] Common squirrel monkey	
16	金背松鼠猴	[Saimiri ustus] Golden-backed squirrel monkey	
17	黑松鼠猴	[Saimiri vanzolinii] Black-headed squirrel monkey	

狨科(Callitrichidae)

跳猴亚科(Callimiconinae)

1	跳猴 / 节尾猴	[Callimico goeldii] Goeldi's marmoset	跳猴属

狨亚科(Callitrichinae)

1	黑尾银狨	[Callithrix argentata] Silvery bare-eared marmoset; Black-tailed marmoset	大西洋狨属
2	白耳狨	[Callithrix aurita] Buffy-tufted-eared marmoset	
3	黄头狨	[Callithrix flaviceps] Buffy-headed marmoset	
4	杰氏狨 / 斑狨	[Callithrix geoffroyi] White-fronted marmoset	
5	亚马逊狨	[Callithrix humeralifer] Tassel-ear marmoset	
6	狨	[Callithrix jacchus (Linnaeus)] Common marmoset	
7	库氏狨	[Callithrix kuhlii] Wied's black tufted-ear marmoset	
8	黑耳狨	[Callithrix penicillata] Black-pencilled tufted-ear marmoset	
9	黑冠侏狨	[Callibella humilis] Roosmalens' dwarf marmoset; Black-crowned dwarf marmoset	侏狨属
10	西侏狨	Cebuella (pygmaea) pygmaea] Western pygmy marmoset	
11	东侏狨	Cebuella (pygmaea) niveiventris] Eastern pygmy marmoset	
12	黑脸狮狨	[Leontopithecus caissara] Black-faced lion tamarin	狮狨属
13	金头狮面狨	[Leontopithecus chrysomela] Golden-headed lion tamarin	
14	金臀狮狨	[Leontopithecus chrysopygus] Golden-rumped lion tamarin	
15	金狮狨	[Leontopithecus rosalia] Golden lion tamarin	
16	里约狨	[Mico acariensis] Rio Acari marmoset	亚马逊狨属

17 银狨	[Mico argentata] Silvery marmoset	
18 金白流苏耳狨	[Mico chrysoleuca] Gold-and-white marmoset	
19 爱氏狨	[Mico emiliae] Emilia's marmoset	
20 黑狨	[Mico humeralifera] Santarem marmoset	
21 赫氏狨	[Mico intermedia] Hershkovitz's marmoset	
22 白狨	[Mico leucippe] White marmoset	
23 马尼科雷狨	[Mico manicorensis] Manicore marmoset	
24 马氏狨	[Mico marcai] Marca's marmoset	
25 马卫斯狨	[Mico mauesi] Maués marmoset	
26 黑尾狨	[Mico melanura] Black-tailed marmoset	
27 黑头狨	[Mico nigriceps] Black-headed marmoset	
28 朗氏狨	[Mico rondoni] Rondon's marmoset	
29 沙泰狨	[Mico saterei] Satere marmoset	

狨亚科(Callitrichinae)

1 双色獠狨	[Saguinus bicolor] Pied bare-faced tamarin	獠狨属
2 鞍背獠狨	[Saguinus fuscicollis] Saddle-back tamarin	
3 杰獠狨	[Saguinus geoffroyi] Geoffroy's tamarin	
4 格氏獠狨	[Saguinus graellsi] Graells's tamarin	
5 帝髭獠狨	[Saguinus imperator] Emperor tamarin	
6 斑面獠狨	[Saguinus inustus] Mottle-faced tamarin	
7 白唇獠狨	[Saguinus labiatus] White-lipped tamarin;	
	Red-bellied tamarin	
8 白足獠狨	[Saguinus leucopus] White-footed tamarin	
9 马氏獠狨	[Saguinus martinsi] Martins's tamarin	
10 白蓬獠狨	[Saguinus melanoleucus] White-mantled tamarin	
11 髭獠狨	[Saguinus mystax]	
	Black-chested moustached tamarin	
12 黑手獠狨	[Saguinus niger] Black handed tamarin	
13 红獠狨	[Saguinus nigricollis] Black and red tamarin	
14 棉顶獠狨	[Saguinus oedipus] Cotton-top tamarin	
15 红帽獠狨	[Saguinus pileatus] Red-capped tamarin	
16 金蓬獠狨	[Saguinus tripartitus]	
	Golden-mantled Saddleback tamarin	
17 红手獠狨	[Saguinus midas] Red-handed tamarin	

*有认为獠狨属多达22种，狮狨也称作怪柳狨、狮面狨、狨犬胥等。

狭鼻下目／旧大陆猴(Catarrhini)

猴总科(Cercopithecoidea)

猴科(Cercopithecidae)

猕猴亚科 (Cercopithecinae)

1 沼泽猴／短肢猴	[Allenopithecus nigroviridis]	沼泽猴属
	Allen's swamp monkey	
2 斯氏红长尾猴	[Cercopithecus albogularis] Sykies' monkey	长尾猴属／须猴属
3 肯雅红长尾猴	[Cercopithecus ascnius] Red tail monkey	
4 坎氏长尾猴	[Cercopithecus campbelli] Campbell's mona monkey	
5 髭长尾猴	[Cercopithecus cephus] Moustached monkey	
6 丹氏长尾猴	[Cercopithecus denti] Dent's mona monkey	

7 戴安娜长尾猴	[Cercopithecus diana] Diana monkey, Roloway monkey, Diana guenon	
8 银长尾猴	[Cercopithecus doggetti] Silver monkey	
9 德赖斯长尾猴	[Cercopithecus dryas] Dryas monkey	
10 红腹长尾猴	[Cercopithecus erythrogaster] Red-bellied monkey or White-throated guenon	
11 红耳长尾猴	[Cercopithecus erythrotis] Red-eared nosed-spotted monkey	
12 鸮面长尾猴	[Cercopithecus hamlyni] Owl-faced monkey	
13 金长尾猴	[Cercopithecus kandti] Golden monkey	
14 尔氏长尾猴	[Cercopithecus lhoesti] L'Hoest's monkey	
15 卢氏长尾猴	[Cercopithecus lowei] Lowe's mona monkey	
16 蓝长尾猴	[Cercopithecus mitis] Blue monkey	
17 加纳长尾猴	[Cercopithecus mona] Mona monkey	
18 德氏长尾／红额须猴	[Cercopithecus neglectus] De Brazza's monkey	
19 大白鼻长尾猴	[Cercopithecus nictitans] Greater white-nosed monkey	
20 小白鼻长尾猴	[Cercopithecus petaurista] Lesser white-nosed monkey	
21 冠长尾猴	[Cercopithecus pogonias] Crowned guenon; Crested mona monkey	
22 高山长尾猴	[Cercopithecus preussi] Preuss's monkey	
23 长尾猴	[Cercopithecus sclateri] Vervet guenon	
24 阳光长尾猴	[Cercopithecus solatus] Sun-tailed monkey	
25 沃氏长尾猴	[Cercopithecus wolfi] Wolf's mona monkey	
26 加彭侏长尾猴	[Miopithecus ogouensis] Gabon talapoin	侏长尾猴属
27 侏长尾猴	[Miopithecus talapoin] Talapoin monkey	
28 敏白眉猴	[Cercocebus agile] Agile mangabey	白眉猴属
29 白冠白眉猴	[Cercocebus atys] Sooty mangabey; White-crowned mangabey	
30 灰颊白眉猴	[Cercocebus albigena] Grey-cheeked mangabey	
31 黑冠白眉猴	[Cercocebus aterrimus] Black mangabey	
32 金腹白眉猴	[Cercocebus chrysogaster] Golden-bellied mangabey	
33 塔那河白眉猴	[Cercocebus galeritus] Tana River mangabey	
34 桑吉白眉猴	[Cercocebus sanje] Sanje mangabey	
39 白领白眉猴	[Cercocebus torquatus] White-collared mangabey	
35 庄氏白眉猴	[Lophocebus johnstoni] Johnston's mangabey	
36 高原白眉猴	[Lophocebus kipungi] Highland mangabey	
37 奥氏白眉猴	[Lophocebus opdenboschi] Opdenbosch's mangabey	
38 希氏白眉猴	[Lophocebus osmani] Osman Hill's mangabey	
39 乌干达白眉猴	[Lophocebus ugandae] Uganda mangabey	
40 苏丹绿猴	[Chlorocebus aethiops] Grivet	绿猴属
41 马布诺绿猴	[Chlorocebus cynosuros] Malbrouck monkey	
42 贝山绿猴	[Chlorocebus djamdjamensis] Bale mountain Vervet monkey	
43 肯雅绿猴	[Chlorocebus pygerythrus] Vervet monkey	
44 青猴	[Chlorocebus sabaeus] Green monkey	
45 旦特勒斯猴	[Chlorocebus tantalus] Tantalus monkey	
46 赤猴	[Erythrocebus patas] Patas monkey	赤猴属
47 短尾猕猴	[Macaca arctoides] Stump-tailed macaque	猕猴属
48 熊猴	[Macaca assamensis] Assam macaque	
49 印尼穆纳猕猴	[Macaca brunescens] Muna Butung macaque	
50 台湾猴	[Macaca cyclopis] Taiwan macaque; Formosan rock macaque	

51 食蟹猴	[Macaca fascicularis] Long-tailed macaque, Philippine macaque	
52 日本猕猴	[Macaca fuscata] Japanese macaque	
53 埃氏猕猴	[Macaca hecki] Heck's macaque	
54 北豚尾猕猴	[Macaca leonina] Northern pig-tailed macaque	
55 摩尔猕猴	[Macaca maura] Moor macaque	
56 恒河猕猴	[Macaca mulatta] Rhesus macaque	
57 印度短猕猴	[Macaca munzala] Arunachal macaque; munzala	
58 南豚尾猴	[Macaca nemestrina] Pigtail macaque	
59 黑冠猴	[Macaca nigra] Celebes macaque; Black ape	
60 哥伦泰洛猕猴	[Macaca nigvescens] Gorontalo macaque	
61 黄褐猕猴	[Macaca ochreata] Booted macaque	
62 柏岛猕猴	[Macaca pagensis] Pagailsland macaque	
63 绮帽猕猴	[Macaca radiata] Bonnet macaque	
64 印尼豚尾猴	[Macaca siburu] Siberut macaque	
65 狮尾猕猴	[Macaca silenus] Lion-tailed macaque	
66 斯里兰卡猴	[Macaca sinica] Toque macaque	
67 叟猴 / 无尾猕猴	[Macaca sylvanus] Barbary ape	
68 藏酋猴	[Macaca thibetana] Tibetan macaque; Milne-Edward's macaque	
69 汤基猕猴	[Macaca tonkeana] Tonkean macaque	
70 草原狒狒	[Papio cynocephalus] Savanna baboon	
71 几内亚狒狒	[Papio papio] Guinea baboon	
72 阿拉伯狒狒 长鬃狒狒	[Papio hamadrayas] Hamadryas baboon	
73 豚尾狒狒	[Papio ursinus] chacma baboon	
74 猎神狒狒	[Papio anubis] Olive baboon	
75 狮尾狒	[Theropithecus gelada] Gelada baboon	狮尾狒属
76 山魈	[Mandrillus sphinx] Mandrill	山魈属
77 鬼狒	[Mandrillus leucophaeus] Drill	

*有分类认为狒狒属阿拉伯狒狒（也称埃及狒狒或原鬃狒狒），其他均为其亚种。

疣猴亚科(Colobinae)

1 安哥拉疣猴	[Colobus angolensis] Angolan black-and-white colobus	黑疣猴属
2 东非黑白疣猴	[Colobus guereza] Eastern black-and-white colobus; Abyssinianl colobus	
3 西非黑白疣猴	[Colobus polykomos] Western black-and-white colobus; King colobus	
4 黑疣猴	[Colobus satanas] Satanic black colobus	
5 白腿黑疣猴	[Colobus vellorosua] White-thighed colobus	
6 西方红疣猴	[Piliocolobus badius] Western red colobus	红疣猴属
7 乌德宗瓦红疣猴	[Procolobus gordonorum] Udzungwa red colobus	
8 却氏红疣猴	[Piliocolobus kirkii] Kirk's red colobus	
9 彭氏红疣猴	[Piliocolobus pennantii] Pennant's red colobus; Pennant's colobus	
10 普氏红疣猴	[Piliocolobus preussi] Preuss' red colobus	
11 塔那河红疣猴	[Piliocolobus rufomitratus] Tana river red colobus	
12 杜氏红疣猴	[Piliocolobus tholloni] Thollon's red colobus	
13 中非红疣猴	[Procolobus foai] Central African red colobus	
14 乌干达红疣猴	[Procolobus tephrosceles] Ugandan red colobus	

15 橄榄疣猴	[Procolobus verus] Van Beneden's colobus; Olive colobus	
16 长鼻猴	[Nasalis larvatus] Proboscis monkey	长鼻猴属
17 豚尾叶猴	[Simias concolor] Pig-tailed langur; Simakobu monkey	豚尾叶猴属
18 灰叶猴	[Presbytis aygula] Sunda leaf monkey	叶猴属
19 沙劳越叶猴	[Presbytis chrysomelas] Sarawak surili	
20 爪哇叶猴	[Presbytis comata] Jaran grizzied sureli	
21 条纹叶猴	[Presbytis femoralis] Banded surili	
22 中非叶猴	[Presbytis foai] Central African sureli	
23 中爪哇叶猴	[Presbytis fredericae] Fuscous sureli	
24 白额叶猴	[Presbytis frontata] White-fronted leaf monkey	
25 何氏叶猴	[Presbytis hosei] Grey leaf monkey; Hose's sureli	
26 黑脊叶猴	[Presbytis melalophos] Banded leaf monkey	
27 那岛叶猴	[Presbytis natunae] Natuna Island surili	
28 门岛叶猴	[Presbytis potenziani] Mentawai Island leaf monkey	
29 栗红叶猴	[Presbytis rubicunda] Maroon leaf monkey	
30 白腿叶猴	[Presbytis siamensis] Pale-thighed sureli	
31 汤玛斯叶猴	[Presbytis thomasi] Sumatran grizzled sureli	
32 灰腿叶猴	[Pygathrix cinerea] Grey-shanked douc monkey	白臀叶猴属
33 红腿白臀叶猴	[Pygathrix nemaeus] Douc langur; Red-shanked langur	
34 黑腿白臀叶猴	[Pygathrix nigripes] Black-shanked douc monkey	
35 越南金丝猴	[Pygathrix avunculus] Tonkin snub-nosed monkey	仰鼻猴属
36 川金丝猴	[Rhinopithecus roxellanae] Moupin snub-nosed golden monkey	
37 滇金丝猴	[Rhinopithecus bieti] Yunnan black snub-nosed monkey	
38 黔金丝猴	[Rhinopithecus brelichi] Guizhou grey snub-nosed monkey	
39 缅甸金丝猴	[Rhinopithecus strykeri] Myanmar snub-nosed monkey	
40 克什米尔灰叶猴	[Semnopithecus ajax] Kashmir gray langur	长尾叶猴属
41 南灰叶猴	[Semnopithecus dussumieri] Southern plains gray langur	
42 长尾叶猴	[Semnopithecus entellus] Hanuman langur	
43 泰里灰叶猴	[Semnopithecus hector] Tarai gray langur	
44 马拉班叶猴	[Semnopithecus hypoleucos] Malaban langur	
45 灰丛毛叶猴	[Semnopithecus priam] Tufted gray langur	
46 喜山叶猴	[Semnopithecus schistaceus] Nepal gray langur	
47 乌叶猴	[Trachypithecus auratus] Spangled ebony leaf monkey	乌叶猴属
48 巴氏叶猴	[Trachypithecus barbei] Barbe's leaf monkey	
49 银色乌叶猴	[Trachypithecus cristata] Silvered leaf monkey	
50 白臀黑叶猴	[Trachypithecus delacouri] White-rumped back leaf monkey	
51 印支黑叶猴	[Trachypithecus ebenus] Indochinese black langur	
52 白颊黑叶猴	[Trachypithecus francoisi] Francois's leaf monkey; White-sideburned black monkey	
53 金色乌叶猴	[Trachypithecus geei] Golden leaf monkey	
54 印支银叶猴	[Trachypithecus germaini] Indochinese lutung	
55 白耳背乌叶猴	[Trachypithecus hatinhensis] Hatinh langur	
56 黑乌叶猴	[Trachypithecus johnii] Black leaf monkey, John's langur	
57 白额乌叶猴	[Trachypithecus laotum] White-browed-black leaf monkey	
58 安南银叶猴	[Trachypithecus margarita] Annamese silvered langur	
59 郁乌叶猴	[Trachypithecus obscurus] Dusky leaf monkey	
60 菲氏叶猴	[Trachypithecus phayrei] Phayre's leaf monkey	
61 戴帽叶猴	[Trachypithecus pileatus] Capped langur	

62 白头乌叶猴	[Trachypithecus poliocephalus] Cat Ba langur	
63 银帽叶猴	[Trachypithecus shortridgei] Shortridge's langur	
64 紫脸叶猴	[Trachypithecus vetulus] Purple-faced leaf monkey;	
	Silver leaf monkey	
65 银叶猴	[Trachypithecus villosus] Silver leaf monkey	

人总科 Hominidae

长臂猿科(Hylobatidae)

1 白眉长臂猿	[Bunopithecus hoolock]	白眉长臂猿属
	Hoolock, White-browed gibbon	
2 西白眉长臂猿	[Hoolock hoolock] Western hoolock gibbon	
3 东白眉长臂猿	[Hoolock leuconedys]Eastern hoolock gibbon	
4 黑掌长臂猿	[Hylobates agilis] Agile gibbon	长臂猿属
5 婆罗洲白须长臂猿	[Hylobates albibarbis] Bornean white-beared gibbon	
6 克氏长臂猿	[Hylobates klossii] Kloss's gibbon; Dwarf siamang	
7 白掌长臂猿	[Hylobates lar] White-handed gibbon	
8 银白长臂猿	[Hylobates moloch] Silvery Javan gibbon	
9 灰长臂猿	[Hylobates muelleri] Gray gibbon;	
	Muller's Bornean gibbon	
10 戴帽长臂猿	[Hylobates pileatus] Pileated gibbon; Capped gibbon	
11 黑冠长臂猿	[Nomascus concolor]	黑长臂猿属
	Concolor Javan gibbon; Black gibbon	
12 红颊长臂猿	[Nomascus gabriellae] Red-cheeked gibbon	
13 南海白冠长臂猿	[Nomascus hainanus] Hainan white-crested gibbon	
14 北方白颊长臂猿	[Nomascus leucogenys] Northern white-cheeked gibbon	
15 东黑冠长臂猿	[Nomascus nasutus] Black crested gibbon	
16 南方白颊长臂猿	[Nomascus siki] Southern white-cheeked gibbon	
17 合趾猿 / 马来长臂猿	[Symphalangus synaactylus] Siamang	合趾猿属

猩猩科(Pongidae)

1 大猩猩	山地	[Gorilla gorilla graueri] Mountain gorilla	大猩猩属
	西部	[Gorilla gorilla] Western gorilla	
	东部	[Gorilla beringei] Eestern gorilla	
2 红毛猩猩 / 猩猩	婆罗洲	[Pongo pygmaeus] Bornean orangutan	猩猩属
	苏门答腊	[Pongo abelii] Sumartran orangutan	
3 倭黑猩猩 / 巴诺布		[Pan paniscus] Pygmy chimpanzee; Bonobo	黑猩猩属
4 黑猩猩		[Pan troglodytes] Chimpanzee	

人科(Hominidae)

人	[Homo sapiens] Human	人属

访猴

Gallery

西西
年度作家

香港

二〇一一年七月

秃猴原样

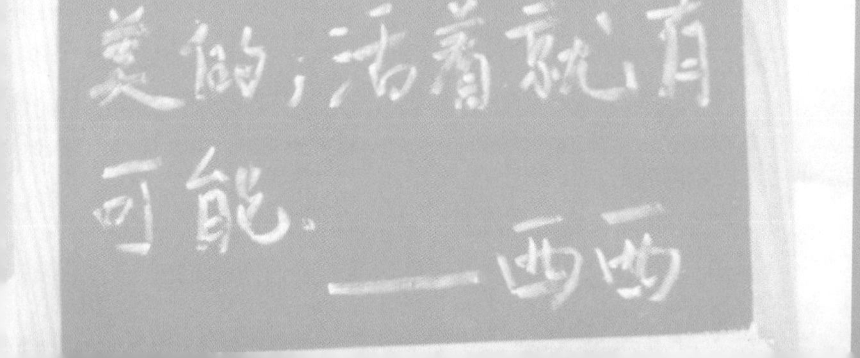
生命是值得赞
美的，活着就有
可能。
——西西

东莞

二〇一二年四月

大猩猩
身中五矛

图书在版编目（CIP）数据

猿猴志 / 西西著 .
——桂林：广西师范大学出版社，2012.8
ISBN 978-7-5495-2351-1
Ⅰ . ①猿… Ⅱ . ①西… Ⅲ . ①散文集－中国－当代
Ⅳ . ① I267
中国版本图书馆 CIP 数据核字（2012）第 160551 号

广西师范大学出版社出版发行
桂林市中华路 22 号　邮政编码：541001
网址：www.bbtpress.com

出版人：何林夏
全国新华书店经销
发行热线：010-64284815
北京汇林印务有限公司

开本：1000mm×1420mm　1/16
印张：17.75　字数：90 千字　图片：178 幅
2012 年 8 月第 1 版　2012 年 8 月第 1 次印刷
定价：48.00 元